U0632783

走进『八闽旅游景区』

政和

福建省炎黄文化研究会
福建省作家协会 编
中共政和县委
政和县人民政府

海峡出版发行集团 | 海峡文艺出版社

《走进"八闽旅游景区"——政和》
编委会

主　　任：阮诗玮

副 主 任：陆开锦　马照南　杨少衡　陈本育

　　　　　黄拔荣　王　丰

编　　委：（以姓氏笔画为序）

　　　　　马照南　王　丰　卢亨强　朱谷忠　阮诗玮

　　　　　杨少衡　吴德清　张建光　陆开锦　陈本育

　　　　　陈毅达　林　滨　林秀美　罗小成　徐德金

　　　　　唐　颐　黄　燕　黄文山　黄拔荣　游炎灿

执行编审：黄文山

特约编审：景　艳

前　言

政和县位于福建省北部，地处闽浙两省交界处，与七个县（市）毗邻，县域面积1745平方千米。政和山川秀美，生态优良，森林覆盖率达79.6％。鹫峰山奇峰峭拔，七星溪清流潺湲，层峦叠嶂，气象万千，物产丰饶、人文荟萃，至今已有千年建县历史。这里生态环境优越，旅游资源丰富，境内有国家级风景名胜区、国家地质公园佛子山，省级风景名胜区洞宫山。

杨源大溪发掘出距今1.48亿—1.5亿年的侏罗纪鸟翼类恐龙骨骼化石"奇异福建龙"是福建省内首次发现的恐龙化石。政和县成为已知侏罗纪最晚、地理位置最南的鸟翼类化石"三大保存地"之一，填补了鸟类起源在时间和空间上的部分空白；大溪还发现大量保存完好的龟鳖类、离龙类等动物化石，建立陆相生物群"政和动物群"。

政和茶文化历史悠久，早在南北朝时期就开始种植茶叶，贡茶的主产区之一。政和原名"关隶"，公元1115年，宋徽宗品饮当地进贡的白毫银针后，赐年号"政和"为县名。政和大力发展茶产业，打造中国白茶城，先后获评中国白茶之乡、中国茶叶百强县、中国茶文旅融合发展示范区等荣誉称号。

政和竹林面积46万亩，毛竹蓄积量6000万株。政和县委县政府坚持竹产业全链发展，坚持竹科技全景赋能，竹文化全域赋魂，2010年，中国林产工业协会授予政和县"中国竹具工艺城"荣誉称号。

政和民俗民风古朴淳厚，国家级非物质文化遗产政和四平戏历史悠久，古韵悠扬；抢溪洲、高山茶道、花桥走桥，魅力无穷。这里是中国廊桥之乡，拥有103座古廊桥，一座座横卧于幽谷深涧上的廊桥，与高山峡谷浑然一体，体现出中国古桥梁技艺的鬼斧神工，让人叹为观止。

政和是朱氏入闽首站地、朱子祖居地、朱子过化地和朱子孝道思想实践地。宋政和八年（1118）理学家朱熹之父朱松任政和县尉，在任期间创办云根书院、星溪书院，开政和教育之先河。朱熹成年后常到政和祭祖、讲学，教化乡民，政和因此被誉为"先贤过化之乡"。"朱子孝道，政和出发；孝行天下，福满人间"已成为政和靓丽的文化品牌。

全国优秀县委书记廖俊波曾主政政和四年多，留下许多感人的事迹。习近平总书记发出号召，要求"广大党员、干部要向廖俊波同志学习，不忘初心，扎实工作，廉洁奉公，身体力行，把党的方针政策落实到基层和群众中去，真心实意为人民服务。"目前，政和已建成廖俊波先进事迹传习地，是全省干部教育培训的重要基地。

政和也是中央苏区的重要组成部分。血与火的年代，涌现出杨则仕、陈贵芳等一批英雄人物，为中国革命胜利做出卓越贡献。

近年来，政和正努力打造福州都市圈的后花园。漫步政和，满目苍翠，处处锦绣：中国白茶小镇·石圳湾景区、翡翠锦屏景区、念山云上梯田景区、天村稠岭景区、凤头楠木林景区、杨源传统村落、镇前鲤鱼溪，都吸引着大批游人来这里旅游度假。

本书为走进八闽景区系列丛书之一，凡30篇，按题材分为六辑：《魅力政和》《灵韵山水》《怀古思绎》《福地洞天》《品食三味》《血染风采》。在作家们的笔下，这里是钟灵毓秀、人文渊薮的千年古邑，印满了古圣贤的足迹。同时这里还是一座山清水秀的美丽山城。行走在政和大地，浓浓的福文化气息扑面而来，一派生机盎然。丰厚的人文积淀和优美的自然景观，让这座闽浙边现代化生态新城日益为世人瞩目。

秀美政和（余明传　摄）

目录

魅力政和

灵韵山水

怀古思绎

福地洞天

品食三味

血染风采

魅力政和

政 和 有 约

□ 张建光

约定政和不需要理由，定约政和却有很多道理。

与您相约的是："奇异福建龙"，那是1.5亿年前；宋朝最大玩家徽宗皇帝，那是九百年前；理学集大成者朱子，那是八百年前；全国优秀县委书记廖俊波，那是2011年上任伊始。

与您相约的还有：山坡上，那片痴情的茶叶；山谷中，那棵摇曳的秀竹；七星溪，那滴晶莹的水珠；"文公宴"那道久违的美食……

来，"政"是好地方，"和"我游政和；走，说走就走，"政和"吾意。

山

政和是"山的王国"。鹫峰山脉横贯全境，造就了独特的高山平原二元地理。最高的山峰香炉尖达到1598米，最低的村子王山口仅124米。千米以上的高山有444座，座座几乎都是拔地而起，山地占到全县三分之二面积。县志云："其形势则崇山峻岭。高者万寻，低者数十仞。势若熊立虎跑，或起或伏。为游龙蜿蜒，不可测度。"一县两重天。高山区年平均气温在13℃—15℃。镇前下园村还有"夏天冻死鸭子"的传说。居民家中没有空调、风扇等电器。气候专家也感到诧异："地气之温差，在一县之中竟从中亚热带跳到南温带。"在全球气候变暖的今日，政和绝对是不可多得的"夏都"。

政和的山极具秀气。虽然"万丈巍峨峰岭峻，千层悬峭壑谷深，"却是"苍苔碧缘铺阴石，古橹高槐挂萝藤""灵境那嫌寒气逼，年年草木自生春"。全县森林覆盖率达到79.6%。高山区的树木大都以杉木、水杉、楠木、银杏为主，且独木成景。铁山锦屏的杉木王高达49米，澄源黄岭的楠木胸围9.9米，树高29.7米。杨源乡村竟有株倒栽杉，它枝作根、根作枝，向四处伸展，形同凉伞,千年不枯，四季苍绿。

政和的山极具福气。山中多寺，寺多以福名。历史上最宏伟的寺庙就称"宝福寺"，始建于唐代贞观年间，分正、中、后三座主殿，左七右五两序翼，总共一百个房间。据说结构奇巧，人们即使插香为记，也只能算出九十九间。当地还有四季祈福的习俗，城关附近有座"佛字山"，人们把它叫成了福山，山上的七星塔也改称福塔，新修了福星桥、福道、福亭、福泉和百福广场。实际上政和县名饱含着福的元素。"中庸"言："中也者，天下之大本也；和也者，天下之达道也。致中和，天地位焉，万物育焉。"实现"中和"，就能天人合一，天下合美。

政和的山极具灵气。儒释道浸润，生活习俗发酵，酝酿了此地几多禅雾仙风，最负名气的当属"琅嬛福地"的传说。县志记载，晋朝时，作为管辖政和的建州刺史张华到政和洞宫游玩。巨岩之下，洞门忽开，只见洞内书籍满架，门口却有二犬相守。一番问答方才明白，洞中之书乃历代史、万国志也。张华想借居数日，以博览洞中之书。守洞之人笑曰："君痴矣，此琅嬛福地，非凡所居也。"遂命童子送出。政和文人辈出，有人称之为"政和文学现象"，不知是否与此有关？

水

都说"一江春水向东流"，而政和之水却一路西走。主干河流七星溪"源出铜盘山，经感化、东衡、长城三里，然后逶迤西行，南会龙潭溪，西会东平溪，合大溪入于建安东溪"，最后形成闽江注入大海。

有水就有桥。全县现在已有古廊桥103座。杨源坂头花桥颇有代表性，它将廊桥的特点表现到极致。它已不仅是"风雨桥"，还是具有形而上的精神文化意义。廊桥是风景。花桥为歇山顶抬梁式结构，阁楼有三层翘檐，其下都挂有风铃。桥如彩虹卧波，本身就是艺术品。桥内像一座艺术长廊，藻井斗拱雀替等空间有绘画96幅，题联39对。廊桥是寄托。桥上有廊屋13间，设神龛9个，从"观音大士""魏虞真仙""许马将军"到造桥的"陈桓、陈文礼"二公，可谓集庙宇、祠堂为一体，给乡民以人生的终极关怀。廊桥是教化。桥上画联中有许多人们耳熟能详的

七星河美如画（王丽玉 摄）

中华道德故事，像"桃园三结义""岳母刺字""铁杵成针"等等。有个时期二层楼阁还作为乡村学子读书场所，直接担负起教育的功能，难怪桥上有不少励志对联，"是大丈夫莫负了题联壮志，学古孺子当养成进履虚怀"。

有水就有田。政和的耕田除了石屯和东平平原外，大多是梯田。最小的"眉毛丘、斗笠丘、蛤蟆一跳过三丘"。梯田中又以念山梯田为最，整个面积为1600亩，自山脚海拔300多米上升到1000米，层层累累竟有1133级。上下落差最大处有700多米，且与森林、村庄、河流连成一体，形成了复合型的生态环境。我见过浙江云和梯田，也知道云南的云阳梯田，更了解首个加入世界文化遗产项目的菲律宾科迪勒拉（伊富高）水稻梯田。客观地说，它们各有千秋。但念山云上梯田的文化内涵却更为丰富。其本身就是唐末黄巢起义军屯田所为。"黄念山"之意就是念"黄"山，即纪念黄巢起义军之山。

有水就有"龙"。都说"云是鹤故乡，水是龙世界。"然而，相当长的时间里，除了有龙意象的景点和以龙为名的村庄外，全不见龙的踪影。别说政和，整个福建都没有龙的信息。2022年10月22日，中国古脊椎所和福建地质调查研究院，通过国际权威科学期刊《自然》发布，在政和杨源大溪火山沉积盆地发现了"福建第一龙"——距今1.48亿至1.5亿年的侏罗纪鸟翼类恐龙骨骼化石。这是目前已知侏罗纪时代最晚、地理位置最南的侏罗纪鸟翼类恐龙。它填补了鸟类起源在时间和空间上的部分空白，也是福建省内首次发现恐龙化石。

人

政和人很"土"，意气相投便会说把"头给你做菜墩"。言下之意，你对他好，可以把脑袋给你作为切菜的案板，"士为知己者死"。政和人热情。用餐时间走进农家，主人大都会问："来啦，没有吃吧？一块用饭。"然后不等回答，他立马搬凳挪椅、添碗加筷，不管认不认识，不问是官是民。无论在政和"插过队""下过放"，还是"扶过贫""支过教"，凡是在政和工作过的人，甚至受过挫折的，都认同政和"山好、水好、人更好"这句话。

政和是盛产英雄圣贤的地方，不仅仅因为山川地理，不仅仅因为贫困灾难，不仅仅因为民风豪迈。

陈贵芳，土生土长的山区苦孩子。13岁就是红色儿童团团长，直至成为闽浙赣游击纵队副司令。其勇，所向无敌；其智，贯通天地；其忠，可鉴日月；其义，淳厚如山。他一家为革命胜利贡献了七位亲人。新中国成立后，人生还是大起大落，但他初心不改，临终前仍然心心念念"对老区人民亏欠太多了"。项南先生以诗赞他："闽北有个陈牯老，敌赏三千买他脑。坎坷一生仍自若，革命精神永不倒"。

廖俊波，全国优秀县委书记。一切为了政和的光荣与梦想，带领全县人民打了场扶贫攻坚的翻身仗：2012年，政和县经济发展指数在全省提升了35位，2013至2015年连续三年获全省发展十佳，财政收入、GDP、固定资产投资、工业产值实现翻番。经济社会进步的背后，留下了他许多为民爱民的动人故事。2017年3月18日因公殉职后，习近平总书记号召全国党员干部学习他"对党忠诚，心系群众，忘我工作，无私奉献"。廖俊波不仅是中国共产党培养的典型，也是中华优秀传统文化哺育的先进。

政和是朱子文化的孕育地，朱子三代人过化了政和。政和在弘扬朱子文化中，恢复重建了云根书院、星溪书院和孝道园，特别重视孝文化的传承，打造"朱子孝道，政和出发；孝行天下，福满人间"的品牌。

城

政和县是当年的关隶镇（今镇前镇）更名而来。对于关隶之名，当年朱松此地为尉时就指出"关隶当作闽隶"。闽隶的职责为"掌役畜，养鸟而阜蕃教扰之"。《三山志》称"闽与关相似而讹也，王潮不知书，遂以关隶名其镇。推原关隶镇所以名里，盖其里之人于同时曾为闽隶"。

政和县虽然傍山临水，但有480年没有城墙，直到明代弘治元年（1488），知县柴曦筑土墙百余丈，后改筑砖墙：建城门、垛口。不过直到20世纪30年代，全城虽然有七条街、二十二条弄，可是除官衙和少数财主的房屋是砖门结构外，其余都是土墙木结构。街上最好的路面仅仅是河卵石铺就，而且街宽仅有五尺，雨天两人撑伞交错都无法直接对过。新中国成立后特别是改革开放以来的发展，城关已是旧貌换新颜。

近几年来，政和人还通过艰苦奋斗，打造了两个超越地理空间的新城：一座芬芳，一座挺拔。

芬芳的是中国白茶城。还是与县名有关，从关隶县到更名政和县，隔了115年，朝廷为什么会对一个籍籍无名的小县予以更名？这是因为宋徽宗喝了此邑特产白毫银针茶后，龙颜大悦，遂将自己的年号赐给此地。政和经济的发展史，就是一部茶叶史。政和早在南北朝时就开始种茶，宋朝更成为北苑贡茶的主产区。20世纪30年代，省里专门在此设立"福建示范茶厂"，中国十大茶人之一的陈椽教授亲自担任技术厂长。政和茶叶的品种很多，有红茶、绿茶、茉莉花茶和白茶……尤其值得一提的是白茶，不仅加工工艺上乘，还有白茶良种。1959年福建省在政和建立良种繁殖场，繁育政和大白茶2亿多株推广到贵州、江苏、湖南、安徽等地种植。2007年国家质检总局对政和白茶实施地理标志产品保护，2008年政和县被中国经济林协会专家委员会认定为"中国白茶之乡"。

清代政和知县蒋周南曾在《咏茶》诗中感叹："列肆武夷山下卖，楚才晋用怅如何。"当我们来到占地120亩，总投资8亿元的政和中国白茶城时，觉得蒋县令的遗憾已成为历史。眼前白茶城是中国供销农产品批发市场控股有限公司（简称"中国农批"）携手政和县政府联合兴建的，并由前者负责运营。其宗旨是以中国白茶生产区为依托，以白茶交易为核心，建设成集茶叶展示交易、检测认证、年份茶仓储、物流服务、信息发布、拍卖服务、价格指数发布以及茶文化旅游等功能为一体的全国白茶中心。

另一座挺拔之城便是中国竹具工艺城。政和拥有竹林面积46

坂头花桥（郭隐龙 摄）

万亩，毛竹蓄积量有6000万株。朱子的父亲曾写过一首《竹斋》诗："谁云山僧贫，而有千橡玉。幽眠岂无处，爱此晴窗绿。"长期以来，政和人都怀揣变竹为玉的梦想。新一届县委县政府坚持竹产业全链发展，坚持竹科技全景赋能，坚持竹文化全域赋魂，用"一根竹"打天下。

政和祥福竹工艺博物馆以竹材为主元素沿用宋代美学风格建造而成。馆内设有生态竹工艺展示区、竹名人堂、竹好物售卖区、竹农具、茶具、竹居室、竹迹荣誉馆，充满了竹韵诗意，一个集产品展示、商业交流、文化传播、旅游观光的"竹空间"。

发现"奇异福建龙"对于政和来说具有象征意义。这块化石显示它的生存年代比始祖鸟晚，它可能擅长奔跑或涉河，虽然还不能飞行，但它在生物演化上是和鸟类关系最为密切的类群，正在为飞向蓝天做最后的进化的准备。飞龙在天，吉祥无限，昭示天行健，君子当自强不息，有如政和的经济和社会的发展。三年前在武夷山"朱熹园"，我借汇报朱子文化的机会，向习近平总书记报告了政和县"脱贫摘帽"的情况。习近平总书记接过话题，对大家说，"当年我在福建时确实挂点政和"……言语之间对政和充满了感情。这几年，政和县不忘嘱托，感恩奋进，努力打造闽浙边现代化生态新城。现在曙光已现，"政和之龙"飞翔蓝天指日可待。

孝韵流芳

□ 马照南

　　政和犹如一幅淡雅且充满生机的水墨画卷。举目四望，山峦如黛，连绵起伏，翠绿层叠，溪流潺潺，令人心旷神怡。

　　这片古老的土地，曾经哺育并呵护着朱森、朱松、朱熹三代贤人成长，把儒学的核心忠义孝悌发扬光大。他们的孝道精神如春风化雨，润物无声，深深地烙印在这片大地上，滋养着政和一代又一代生民。

　　云根书院依山而建，气势恢宏，格调高雅，青砖黛瓦，古朴典雅，与周围环境融为一体，显得和谐而恬静。我们漫步牌坊、朱子阁、天光云影楼、先贤祠以及众多碑廊。朱子阁内陈列着朱熹及其父朱松、祖父朱森的石刻影雕，还有朱熹家族的遗迹史料。先贤祠则陈列着数十位政和县历史名人的影雕以及他们生平事迹介绍，是缅怀先人、感受政和县历史和孝道人文的地方。

　　令人敬佩的书院建设者魏万能，果真名如其人，有万般能耐，历数十年，呕心沥血，重建一方学府，让人们在云海中追寻知识，于山风中体悟孝道。书院内还专门设立朱子孝道馆，邀请专家学者讲述朱子三代孝道故事，传授朱子孝道精神，陈列孝道事迹，成为政和的一道亮丽风景线。

朱熹的启蒙肇始于云根书院，其成才的基础也在云根书院。朱熹幼年常随父母留宿书院就读，朱松回政和为母亲守孝三年，朱熹均在云根书院读书，摄取云根书院之灵气。

离开云根书院，我们来到铁山凤林的朱子孝道园。阳光透过树叶的缝隙，洒下斑驳的光影。朱子孝道园占地面积约40亩，四周青松翠竹，郁郁葱葱，由千年古寺护国寺、启贤祠、韦斋草庐、省级文物保护单位朱森墓以及孝道馆组成，景色清幽。朱熹对护国寺印象深刻，他回政和扫墓时，多次留宿护国寺，与政和儒学前辈及云根书院学子讲诗论文，写下《十月朔旦怀先陇作》，诗末"持身慕前烈，衔训倘在斯"表达了朱熹发奋勤学的壮志以及对政和深深的眷恋之情。

朱森，朱熹之祖父，系婺源县吴郡朱氏七世孙。作为这一文化脉络的起始者，他的品德与智慧为后世树立了典范。他的孝行，体现在对父母的恭敬与照顾上，对家族、对国家的忠诚与奉献上。

当年朱森在游历政和山水时，就被孝道园周围环境的幽静与祥和深深吸引。他选在苍松翠竹的凤林村护国寺边清居，并常邀当地书生在此谈经论道，传授理学。朱森告诫朱松兄弟："政邑山明水秀，风光如画，只可惜地域僻隘，教学荒疏，尔等要涵儒教泽，以开化邑人子弟，使之成为名贤诞毓之乡。"宣和二年（1120）五月，朱森病故于政和官舍，朱松没有把他父亲的灵柩运回婺源老家安葬，而是将其葬在了政和护国寺旁。

朱松，宋政和八年（1118）进士及第，任建州政和县尉。朱松夫妇携父母朱森、程氏夫人及胞弟朱柽、朱槔、两个妹妹，共八人入闽。他继承父亲的孝道。深入民间，了解百姓疾苦，为民办事。修建道路，兴修水利，改善民生。兴办教育，开设学堂，让更多政和的孩子能够接受教育，了解孝道文化。朱松的诗词歌赋中，充满了对孝道的赞美与推崇。

理学大师朱熹，孕育于政和，6岁随父返回政和县，为祖母守孝27个月。他父亲教他的第一部书是《孝经》。他认真读完，在扉页写道："不若是，非人也！"这位杰出的理学家深化了仁孝关系的阐释，认为人性本善，仁孝一体。

朱子的孝道思想，与前人有何不同，或者说为后世提供了哪些新思想？

经过唐末及五代十国混乱时代，孔子思想受到严重冲击。朱子伟大的贡献，是"继绝学，绍道统"，坚定地回应外来思想的冲击，坚守中华文化根脉，更高地举起孔子孝道旗帜。朱子认为，孝道是人的天性所在。

云根书院（朱子阁　郑和兴　摄）

人在出生时便具有孝敬父母的自然倾向和本能。这种天性是人类社会得以存在和发展的基础，也是孝道得以产生的根源，孝道是符合自然规律和社会规律的。

朱子在《四书章句集注》中对孝道思想进行了深入的阐述和解读，指出"天理"是宇宙间存在的普遍规律，孝道是天理在人类社会中的具体体现。孝道是人类社会最基本、最重要的道德准则，尊老爱幼是遵循天理、顺应自然规律的表现。

朱子推动各地宗祠的建立，倡导慎终追远，广泛普及孝道文化。他提出孝道不仅仅是表面的礼节和形式，更重要的是内心的真诚和敬爱。在朱熹看来，孝道是天道，是人间正道。只有理解并践行孝道，才能坚定勇敢地爱国爱家，真正成为有崇高道德、高尚品质的人。朱子的教诲如同一股清流洗涤着人们的心灵，让孝道文化在全国范围内产生了深远的影响。

作为孝道文化的重要发源地，孝道流韵始终是政和社会的主旋律。无论是街头巷尾，还是乡间田野，都可以看到人们尊老爱幼、和睦相处的场景。从幼儿园到中小学，都将孝道文化纳入教育体系。课堂教学、社会实践，让学生在学习知识的同时，领会孝道文化的内涵与价值。

传统节日庆典更是孝道文化与现代文明结合的集中展示。在传统节日里，政和人民通过祭祖、团聚、敬老等活动，表达对长辈的敬意和关爱；同时，他们也将现代元素融入其中，让节日庆典更加丰富多彩、富有时代感。举办孝道文化节、孝道文化讲座、孝道主题艺术创作，开展孝道主题志愿服务，评选出两届"十大孝星"和20位弘扬朱子孝道文化模范集体和模范个人，出现许多感人至深的婆媳妯娌、父老邻里相亲相爱故事。

政和还借助现代科技手段，如互联网、新媒体等，对孝道文化进行数字化保护和传播，使其更具时代感和吸引力。行走在政和的大街小巷，常常能看到"孝道政和"形象。从城市景观、文旅产品到动画作品、公益宣传、线上社交，"孝道政和"正走进市民生活的方方面面，营造着和谐幸福的社会生态。

千年政和，孝道文化，是一幅生机盎然的画卷，是一首韵味十足的交响曲。孝韵不仅体现对长辈尊敬，还寓意意志坚强、智力敏捷、处世从容、志向远大。在这片美丽的土地，孝道不仅仅是一种传统的道德规范，更是一种深入人心的文化信仰。

朱子孝道文化园（郭隐龙 摄）

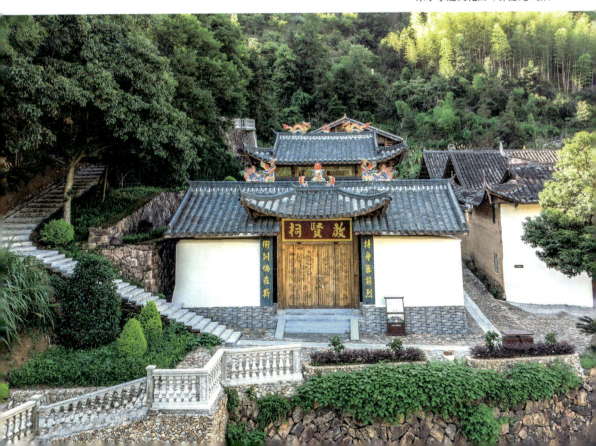

留存人间即永恒

□ 杨际岚

据政和文史资料，北宋政和五年（1115），徽宗赵佶品尝关隶县所产之白毫茶后，龙颜大悦，下诏将其"政和"年号赐为县名。从此，关隶县改名为政和县，意为政通人和之县。这是中国有史以来唯一因白茶而获得皇帝赐予年号为县名的县份。

政和是"廖俊波先进事迹传习地"，全国优秀县委书记、时代楷模廖俊波曾主政政和四年多，他的许多感人肺腑的事迹，确切诠释了"政通人和"的现实含义。

一

2018年3月1日，感动中国年度人物颁奖盛典在北京举行。廖俊波获选年度人物。

其事迹及颁奖辞——

廖俊波：芳兰生贵里，山河澄正气。

事迹：廖俊波出身普通家庭，始终牵挂群众，惦记着群众的冷暖安危，用心用情为群众办实事、解难事，用自己的"辛勤指数"换来群众的"幸福指数"。廖俊波历任岗位，都是"背石头上山"的重活累活，需要比别人付出更多的艰辛和努力。但他始终把工作当事业干，乐在其中。离开政和时，全县财政总收入翻了两倍多，连续3年进入全省县域经济发展"十佳"，3年多累计减少贫困人口3万多人，实现了贫困县脱胎换骨的蜕变。

颁奖辞：人民的樵夫，不忘初心。上山寻路，扎实工作，廉洁奉公，牢记党的话，温暖群众的心。春茶记住你的目光，青山留下你的足迹，谁把人民扛在肩上，人民就把谁装进心里。

政和县，位于闽浙交界，地处偏远，山高谷深，群众生活困难。2011年6月，廖俊波上任县委书记时，政和县经济社会发展一度处于全省末尾，被谑称为"省尾"。这位"省尾"书记，选择了担当。不打退堂鼓、不当太平官、不玩形式主义。走马上任的第一件事，就是下乡村、进厂矿、访社区，用两个月的时间，跑遍全县的山山水水。

他随即召开务虚会，全县副科级以上单位负责人出席。政和能不能发展、要发展什么、如何发展？与会人员各抒己见，畅所欲言。

政和县城背靠黄熊山，简称为"熊城"。廖俊波在会上掷地

廖俊波同志先进事迹馆（余明传 摄）

有声："我们不能'熊'下去，而是要'雄'起来！政和要的是政通人和！"

集思广益，确立致力突破工业、城市、旅游、回归等"四大经济"发展目标纲领，拎出重点，成立13个项目组逐个着力突破。始终秉持项目促发展理念，率先推行项目并审联批制度，以"背着石头上山"的韧劲抓项目建设。县里的工业园区从2012年7月破土动工，3个月完成征地3600亩，10个月平整土地3600亩，一年16个项目落地，7个企业开工建设。创造了在传统农业县建起省级工业园区的"政和速度"。廖俊波的口头禅是"能在现场就不在会场"。政和经济开发区从最初的选址到规划到建设，每一个角落都有廖俊波的身影，有现场记录的就达136次。人们说："开发区是廖书记用脚步丈量出来的。"

常年跑工地，跑招商，廖俊波的车上常备有"四件套"：衣服、雨鞋、雨伞、被子。不少人不理解，他怎能那么拼？廖俊波应答："如果你的信念确确实实就是想为一个地方的百姓干活，确确实实想为更多的人做点事，你所有的工作，你都觉得是值得的。"

短短不到四年，政和财政总收入，从2010年的1.6亿元增加到2014年的4.9亿元，GDP、固定资产投资、规模以上工业产值均实现翻番。

"一切为了政和的光荣与梦想"。廖俊波率领全县干部群众，用勤奋和实干描绘山乡巨变一幅幅壮丽画卷。

二

廖俊波的微信昵称是"樵夫"。在政和四年多，他一直致力于解决事关群众切身利益的民生实事，用实实在在的行动诠释着为民造福、为民谋利，甘当"樵夫"，为父老乡亲送上暖心的"柴薪"。当地流传这样的话，廖俊波不是在基层，就是在到基层的路上。他连周末和节假日也都奉献给了政和老百姓。

廖俊波给女儿取名为"质琪"，寓意"品质似君子，温润如美玉"，这何尝不是对自身的激励？！

廖俊波事迹展览厅里，陈列着一封父亲写的家书。

俊波吾儿：

我知道你忙，随钱附上书信一封。我悄悄到了政和已有3次，走了大街小巷转悠了几圈，对你在这边的工作情况与口碑都有所了解，老百姓对你的评价还过得去，你一定要再接再厉，父母会支持你。我很欣慰，家里的事你尽管放心，父母身体都很好，你已经很孝顺了，你把工作做好，就是你的大孝。

咱们农村出你这样的人物好不容易，你要珍惜。可千万不能伸手，我会把五万元钱给你是什么意思你知道吗？一是不能向别人伸手，二是让你生活过得好一点。

你还记得当年在荣华山组团送给你的字画吗？律己以廉，抚民以仁，存心以公，莅事以勤，这些年从我了解了你的情况看，你还做得可以，希望你永远保持，这是父母对你的要求和愿望。切记。

浦城籍南宋著名政治家、理学家真德秀曾作官箴《西山政训》，提出为官四事：律己以廉，抚民以仁，存心以公，莅事以勤。出浦城的廖俊波正是将"廉仁公勤"当作座右铭，身体力行，全心全意为人民服务的宗旨。张承富住在政和城关渡头洋，那里生活垃圾随意倾倒，典型的脏乱差。周边居民想改善环境，修建一条步行栈道，但迟迟得不到解决。2015年5月，张承富听人说县委廖书记为人不错，办事实在，抱着试试看的心态，给廖俊波发了一条短信。没想到廖俊波当即回应，请他到办公室面谈，了解具体情况，跟他说："放心，我们一起想办法。"张承富觉得，这是跟老百姓坐一条板凳的自家人呀。果不其然，"自家人"廖俊波及时协调相关部门介入，并落实了专项资金。水泥栈道终于建成了，河道也收拾干净了。张承富在自家大门贴上一副对联："当官能为民着想，凝聚民心国家强"，横批"俊波您好"。这类实事，不胜枚举。

在政和，流传着廖俊波的许多金句。且引录几句：

——"作为一个领头人，让23万政和百姓过上更好的生活，这是一件美妙的事情。"

——"把工作当作充实自己的课堂、干事创业的舞台、造福群众的事，才能真正从工作中找到乐趣。"

——"帮老百姓干活，保障群众利益，怎么干都不过分。"

廖俊波先进事迹传习地（余明传　摄）

——"要保障老百姓的利益，要最大化让利给老百姓。"

——"赚钱的事让老百姓干，不赚钱的事让我们党委政府来。"

——"分数应该由老百姓去打，但我始终在积累，始终走在路上。"

——"做官一时，做人一辈子，要清清白白做人。"

什么叫公仆，什么叫为人民服务？从廖俊波走过的路，便能找到真切的答案。

三

廖俊波先进事迹传习地，位于政和石屯镇松源村。来到传习地，新中式徽派设计风格的建筑群扑入眼帘。传习地总建筑面积2.73万平方来，由8栋楼组成，楼栋之间通过连廊形式相连接，教学楼、报告厅、学员楼、餐厅、学术交流中心等一应俱全。这里有各类客房260间，设有图书阅览室、便利超市、服务中心、健身房、展览馆以及行政办公区等现代化设施设备，环境优美，功能齐全；可同时容纳300余人食宿培训，600余人会议研讨，成为全省干部教育培训的重要基地。

传习地展览厅里，呈现着人们对于廖俊波倾诉的心声：

"政和人民永远不会忘记您！"

"担当作为，就是最好最深的怀念！"

"没别的了，只有把事情做得更好！"

"玉在山而草木润，渊生珠而涯不枯。"

……

翻开留言簿，看到前来参观的政和二中少先队员纷纷留言——

何其有幸，青山有幸埋忠骨！

廖书记的精神永存。

有一分热，发一分光。

政声人去后，我辈勇担当。

武夷山市洋庄乡大安村民委员会14人则写道："您的微笑是我们永恒的记忆！"

有的则只有简短的几个字："谢谢您！""我想你了。"却让人引发无尽怀念。

留存人心即永恒。闽山苍苍，闽水泱泱，永远镌刻着廖俊波的忙碌身影，回荡着廖俊波的亲切话语。

芳兰生贵里，山河澄正气……

"龙鸟" 飞来

□ 张 茜

一只 "龙鸟"，振翅跃过1.5亿年光阴，朝我们翩跹飞来。头戴赤橙红绿青蓝紫彩虹顶冠，强健的双足攫着一条魂飞魄散的离龙，亮相在福州开往政和的普速列车上，亮相在政和大溪村那个林海相围的侏罗纪山坡上。"龙鸟" 它虽踩着那条四脚朝天的离龙，却不显丝毫凶神恶煞，表情憨萌，装扮一如舞台上的霸王项羽，双翼旋张携带爪钩，尾翼张扬突起。即使鸟嘴大张，拉着唾丝，但明澈眸子传递给人的仍是敦厚。它的长相实在太像鸟了，以至于让我们的想象都插上了翅膀，事实是 "龙鸟" 不是鸟，它也不会飞，它的本质是鸟翼类恐龙。

这些曾经活跃于生物链早期的古生物，在创造了它们赖以生存的地球的 "骨骼" 运动中，借消亡之力而永驻生硬岩石之上，任时间将自己镂刻成一本袖珍史书，等待亿万年后的人们前来阅读，娓娓讲述它们生活世界的喧闹繁荣，诠释沧海桑田的变化规律。科学家曾这样比喻道：假设将漫长地球史浓缩至一小时，动物是直到最后十五分钟才出现，而陆生动物则是在倒数六分钟时现身。那人类呢？尽管人类在地球上出现的时间如此之晚，却幸运地拥有世界上最精密的仪器——大脑，因此我们不负韶华，从未收回探询过去的目光。那一块块古老化石，在科学家手中宛若时光倒流的水晶球，展现出漫长而曲折的生命进化历程。

1859 年达尔文的《物种起源》在千万双探寻视线中横空出世，敏锐书商蜂拥而至，抢购一空。之后出现反对论，达尔文也叹息：目前的化石记录并不是那么完美无缺。

也许亘古地层听到了达尔文的深深叹息，仅仅两年后，始祖鸟在德国冲破万重黑暗来到人间，这只美丽绝伦的鸟儿彼时生活在距今1.55亿—1.5亿年前的侏罗纪晚期。它夯实了达尔文的生物进化理论，从此成为恐龙与鸟类之间的过渡性化石及演化的重要证据。它非常可爱，有着鸟类和恐龙的两种特征，科学家认为其可能是第一种由陆地生物转变成鸟类的生物，它就是达尔文预见的那种动物。达尔文这时舒了一口长气，欣慰地表示：始祖鸟化石对我来说是个重大事件。

之后我国鸟翼类化石在辽西突醒，中华龙鸟、圣贤孔子鸟等相继问世，恐龙生物群现身多省，而福建的静悄悄引起古生物学家思索：闽地的恐龙去哪儿了？20世纪70年代，福建地质研究专家跋涉八闽山野，一次次探寻，觅得古脊椎动物化石零星出现，接收到发自神秘宇宙的条条信息。这些信息如同密码，似乎将要催开一朵惊天之花。时光河流，缓缓奔腾，2022年到来。中国科学院古脊椎动物与古人类研究所与福建省地质调查研究院组成联合科研团队，携带有效研究数据再一次起航，于闽地展开古生物化石调查。他们检索海量资料，神探般千万次分析，最终锁定适合恐龙生存的中生代火山沉积盆地——政和大溪村。

大溪村地属杨源乡，建村五百多年，起初坐落于洋田，洋田即是沼泽田。一条大溪沿村而过，成为村名——大溪。2024年初夏我追随"龙鸟"乘坐普速绿皮列车抵达政和，换乘小车前往。平展乡道拨开油画般的田野，水稻在扬花，玉米在拔节，烟叶子肥硕得宛若一只只大象耳朵，摇曳在香甜的和风里。汽车飞驰了二十三千米，我意犹未尽，仿佛从纪录片《故乡的原风景》中回过神来。这项重要成果于北京时间2023年9月6日23时在国际权威学术期刊《自然》线上发表。

置身滚滚绿海，显露的侏罗石与地层，都呈现出层叠状，伸手一触扑簌簌掉落，坚硬与厚实此时竟如此松脆，不堪一击。初夏阳光在绿海波涛回应里，转成迷人柠檬色。溪流欢快歌唱，丹红杜鹃花点缀碧野，格外夺目。在流水的歌声中，周遭更加旷远静谧。

2022年10月16日，专家科研联合团队来到这儿——福建政和大溪盆地，在手中地质剖面图指引下，圈定一处化石点位置——我所驻足处。小溪喧闹，守候在不远处，专家们发掘四天，鱼、植物化石跳脱出来，恐龙和鸟类化石依然不见踪影。第五天清晨，队员们被一声声惊恐绝望的鸡叫声吵醒，有人起床前去查看。发现村民的一只野宿母鸡，挣扎在捕鼠夹上，连忙将其解救下来。母鸡一瘸一拐，并不回家，反而走向黎明前的山野。灌木花草，身染黛色，浸润在潮气里。更远的山那边，朝阳正在升起，柔和明丽的橘色映红天际。母鸡一瘸一拐，旁若无人地走着，队员与其保持一米距离，轻轻跟着。眼前莫名幻化出苦苦找寻的鸟翼类恐龙，模样像鸡，个头也这般大小。一面思忖，一面跟着，直到母鸡停下脚步，呆呆站立在一处向阳山坡上。这是一个真实而蹊跷的故事。那日天光放亮后，专家们来到这个山坡，遥望远方山顶的古火山口，恍若看见烧红的岩浆倾泻而下，烟灰弥漫高空，遮天蔽日。队长手指一处低洼，果断掘开第一铲。

　　一周后的23日下午，这个沉浸在仔细发掘里的野外联合团队里，突然发出一声低叫，一双沾满炭黑的手，微微颤抖，小心地捧着一块凝灰岩化石。大家围拢过来，几双火炭样的目光聚焦在这块灰黄包浆的黑色化石上。仔仔细细审视，一只鸟儿，对！就是一只类似鸟儿的骨骼地镶嵌在化石上。

　　这块记录着地球亿万年脚步的鸟状化石，款款进入研究专家的修复和分析阶段。时针滴答，一个世纪般走过一年，结果出来了：这块化石，是一件保存近乎完整的恐龙骨骼化石，是福建省内首次发现的恐龙化石。这一新物种属于鸟翼类，前肢颇像始祖鸟，腰带的耻骨、坐骨分别具有伤齿龙类和近鸟龙的典型特征，后肢一如不同的恐龙积木拼凑而成，奇异绝妙，得名"奇异福建龙"。经过古地理位置复原，进一步确定奇异福建龙为世界上目前已知地理位置最南的侏罗纪晚期鸟翼类恐龙，别称"龙鸟"。

　　奇异福建龙，也就是福建大溪龙鸟，在体型空间上介于恐龙和鸟类之间，填补了鸟类演化史的时间、空间、习性三大空白，这个空白历时侏罗纪至白垩纪早期，约莫三千万年。此时一段文字浮现脑海：生物学家林奈设立鸟纲时，认为鸟的最显著特征是长有羽毛，但如今中国科学家发现了长羽毛的恐龙，这一特征就不能用来定义鸟类了。我认为应撤销鸟纲，把恐龙与鸟类合并在一起，设立恐龙纲。如这观点成立，那么可以这

奇异福建龙（赵闯　绘）

么说，恐龙并没有灭绝，家里的鸡、水里的鸭、天上飞的大雁都是恐龙的后代。

那日我追随"龙鸟"，聆听母鸡的故事，驻足其发掘地。浅浅的盘形掘坑，周边堆起的岩石砾包约莫三米高。是的，轰动世界的它就隐蔽在地下三米，这源于大溪盆地一亿多年的点点抬升。我仿佛被磁石吸住般痴痴凝视，两棵巨大树木横躺"龙鸟身边"，外皮不见，状如松糕，漆黑似墨。侏罗岩页片片散落，色彩斑斓，有的印着树枝，有的印着水藻、苔藓，有的印着蕨叶，还有珍藏在展示柜里的离龙、龟鳖、鱼类化石以及我想象的那巨大眼窝般闪着翠亮儿的湖泊，组成一幅生命端头的绝美伊甸园，令人心驰神往。

大溪村村口地标（余明传　摄）

白茶行天下

□ 王炳根

吾爱茶，中国六大茶类绿茶、红茶、青茶、白茶、黑茶、黄茶，无一例外。纵然是味同梅干菜的黄茶，也时有饮之。吾之收纳天下各类茶的大瓦缸上，曾用毛笔涂鸦八字：茶无上品，适口为佳。其实老夫也知道，茶还是有上品的，只是表示对它们一视同仁的恭敬，"适口为佳"是实话，适合你口味、口感的茶，均为好茶。最先喝的是绿茶，时间可以推至童年，在开始喝茶生涯后，则以青茶为主，以喜爱先后为序，则是铁观音、岩茶，与此同时爱的有正山小种红茶，黑茶中的普洱，有一块与老夫同龄的茶砖，从广东韶关别传寺方丈手上辗转而来，已经喝了近三十年，还剩半砖，不是不爱喝，而是舍不得喝，只有珍贵的茶人来了，才以青虹茶刀徐徐剔下小5克，细心投入专用紫砂壶里，一喝大半天。

唯有白茶，吾爱晚矣。有一小友，在茶界却有名气，开始做了一个偌大的茶空间，专做岩茶，后开了一家茶铺，做起白茶

东源茶谷（余明传　摄）

的专卖，这让我大为失落，她送老夫的银针大茶饼，各种精美包装的白茶牡丹，适合旅行的小方片，还有一大袋的贡眉散茶，一概没有入吾之法眼，置于阁楼成了"待字闺中"。转机是疫情三年，既不外出喝茶，也少有请人喝茶，天天在院子里用炭火煮茶，一壶两杯，与老妻对饮。这一下，楼上的老白茶寿眉率先出阁，抓起一把，投入泥炉，加上老陈皮，佐以藏红花，这一煮一喝便是三年，其他茶便都暂时退避三舍了。白茶呀白茶，吾爱晚矣，疏君久矣，实在不应该、不应该，你竟然是这么醇、这么香、这么沁人心脾，令老夫不能自拔。也许是老白茶的神力，三年下来，七十的老夫竟然未感染新冠，笑言，"近'白'而远'阳'矣"。

可见，吾与白茶结缘的时间不长，而这些年恰是政和白茶腾飞期。1990年前后，政和仅白毫银针年产销已达5万千克，2007年国家质检总局批准政和白茶为国家地理标志保护产品，次年，政和县被国家林业部门命名为"中国白茶之乡"。夜色中，政和白茶制作技艺非物质文化遗产传承人杨丰，在手电的光柱与风趣的话语中，带我们走进了隆合茶业庄园的山门。这是一列依山而建、坐落有致的徽式山房，杨丰用强光电筒照了照白色山墙上的四个字"知行合一"，笑言，这是王阳明为"隆合"定下的宗旨。

茶与做茶之人，有时就似生活在云里雾里。杨丰称吾等一众采风的作家为"各位神仙"，其实他才是神仙，非神非仙如何能创如此茶的业绩？隆合茶业自1993年创立以来，仅用十几年时间，便成为茶叶产销、教学、科研、文化旅游、生态观光的综合性企业。旗下拥有现代化加工工厂3座，尤有专用于白茶萎凋的廊桥、高山生态茶园、国家有机茶园、省级品牌保护园计有千余亩，荣获中国白茶十强、省级重点龙头企业等称号，并且以自己的实践经验与丰富的史料，著书立说。如中国农业出版社出版杨丰编著《政和白茶》，已印至二版三刷。

夜色中行走在隆合茶业的山道上，扑鼻而来的都是茶香、花香，更有书香。隆合茶书院里，令我惊讶的是，顶天立地的豪华书柜中，收藏着大量的文学与文献类的书籍，这里有中国现当代作家的小说、散文，且都为精装本，在厚重而豪华的书柜中，显得高贵而气派；文献类的书中，有大量的地方志——县志与市

志，如《双流县志》《永安市志》《泉州府志》等，这使我想起了美国哈佛大学那座燕京图书馆，巨大宽敞的藏书库中，收藏着中国上千个县的地方志。这个藏于闽北大山中的一家茶企，竟有如此的胸怀！在大量的珍贵文献史料中，我看到了政和白茶悠久

澄源石仔岭茶园（郑和兴　摄）

的历史和传承的轨迹。

政和县的茶叶生产最早可追溯到唐末五代，当时县名为"关隶"，包括关隶县在内的建州一带是著名的北苑贡茶的主产区，茶叶不仅关系着国计民生，还成就了政和几百年来"因茶改名第一县"的荣耀。宋代茶书记载，北苑贡茶相继有"贡新銙""试新銙""白茶""龙团胜雪""御苑玉芽""万寿龙芽""上林第一"等40余种品目，其中的"白茶"和"龙团胜雪"须惊蛰前采制，十日内完工，以快马于仲春时节运抵东京，是以号曰"头纲"，无怪乎成书于大观元年（1107）的《大观茶论》里，宋徽宗赵佶把"白茶"列为贡茶中的第一佳品。根据史料记载，当时的北苑有38个官焙，1336个私焙，政和五年（1115），徽宗皇帝品饮了关隶县进贡的茶叶后龙颜大悦，将年号"政和"赐作县名，改"关隶县"为"政和县"，并将建安县（今建瓯市）东北部的东平里、高宅里、长城里、东衢里、感化里并入政和县，这五里均设官焙制作北苑贡茶。

在一些关于政和白茶的书籍与文章中，均对因茶而赐县名进行了自豪的表述，隆合茶书院中的《政和县志》中便有记载，而在政和民间更是广为流传。四平戏《御赐县名》进行了戏剧化夸张，十分有趣。当"宋徽宗"喝过那款白茶后，连连喝彩："好茶！好茶！"台上的众爱

中国白茶城（余明传　摄）

卿齐声随和，"宋徽"唱道："白茸茸，如出水芙蓉微微伸张，娇滴滴，似美人出浴羞羞答答，汤色清清微带杏黄，香气悠悠羞煞兰香，"以诗意的唱词赞美还不够，他随后又以短句道白简慨之："叶匀，状若针，玲珑娇媚，剔透晶莹，果真是天下珍品，世间难觅啊"，又连连喝彩："好茶，好茶！"在再次赞叹一番后，下令要给这个县的县令牛三九"大大奖赏"。虽然这是个戏剧化的演绎，但赐以县名却是史实，而《大观茶论》三十篇，以白茶者与常茶不同论之，"偶然生出，非人力可致"，遂将白茶列为第一。所以，虽是戏剧化的赞美，却也有根有据的。

政和敬重白茶历史，更看重对白茶传统的传承，并且从历史中寻找当今企业的高度，致力于将白茶与白茶文化推向当今市场，推向全中国、全世界。云根书院也是从宋代走来，正是宋徽宗十年（1120，比因茶赐县名晚5年），由朱熹之父朱松创立。朱氏三代人在此讲学布道，不仅在政和、在闽北，甚至在华夏大地都产生过影响。以云根茶业对望云根书院，自然便将自己的高度提升了，这个提升，是要与云根书院对理学日积月累、孜孜以求的精神相对应。云根白茶不枉"云根"二字的相助，三万亩的高山白茶园，还有百余处的高山荒野茶园，不仅是看重高山地理位置的优势，更注重白茶的"高山"品质。这后一个"高山"，既是质量的高度，更是信誉的高度。他们喊出的口号是：白茶选高山，高山选云根。凭着这种对"云根精神"的执着、"高山品质"的追求，每年超百吨的白茶，源源不断地输向祖国的大江南北、域外的亚非欧美。"云根"要从高山之上，开辟出一条通向八方的白茶之道。

在杨源山涧之巅的东源阁，吹着夏日的凉风，喝着瑞和生产的老白茶，望着起伏于山间的茶园，乡党委书记吴江平告诉老夫：标准的生态茶园，要求"头戴帽，脚穿靴，腰绑带"，余接言：眼前即是也。头戴帽，即白云朵朵；脚穿靴，可理解为丰茂的植被吧；腰带是什么？大概就是林带环绕的意思。吴书记赞成余之解释，于是再上好茶——荒野老白。老夫曾进到瑞和制茶场，捧了一大把正在萎凋的白茶牡丹，青香沁人，不忍放下。老板是个言讷之人，坐下来喝的竟是已泡过几冲的政和红茶。余无心饮茶，遂站起来看那货架上的成品茶，发现瑞和白牡丹竟是片仔癀的系列白茶。这个销售模式，无异跳上了一艘商业航母，用中华老字号、一粒难求的片仔癀作为销售平台，真不知道要航行到哪里去？怪不得瑞和最近投资了2.1亿元，占地95.26亩，要建造82563平方米的白茶庄园，这也许就是政和白茶与片仔癀强强联手的底气。

当今六大茶类，饮者各有所爱，多少年来，白茶曾经无足轻重，在岩茶、普洱茶的重金、重口味的冲击下，反而坚强起来，在"一年茶、三年药、七年宝、十年如何犀牛角"的民间传言中，极度保持原汁原味，在储存过程又能悄然实现转化，生命必然越来越旺盛。

寻竹开物

□ 景 艳

　　孟夏是竹子拔节的季节。从政和城中高处向四周望去，可见山岭上郁茂绵延的竹林，团团浅翠起起伏伏，叠镶于深色的林海。步入其中，宛若进入青影世界，笔直高挺的线条和纤纤狭披针叶构成疏密有致的水墨丹青。望不到边际的婆娑，交织着灵动雀跃和宁静沉稳。正午的阳光从天空直射而下，仿佛被绢纱滤过，散落成温和的光点，是慈母凝望的目光。未蜕的笋箨是初出茅庐的保护伞，未褪的白霜是新硎初试的通行证。它们，和脚下的这块土地一样，郁郁苍苍、生机勃发。

一

　　在石先生没有给我讲述他到大陆寻找孟宗竹的故事之前，我并不知道大陆的毛竹在台湾被唤作孟宗竹，这出自《二十四孝》三国孟宗哭竹的典故。在那样一个曾经充满离愁别绪的小岛上，这样一个名字意蕴深沉。

美籍华人产品设计师石大宇祖籍重庆，留学毕业后在美国海瑞温斯顿珠宝公司从事珠宝设计，曾荣获戴比尔斯国际钻石设计大奖等诸多国际大奖。从炫目时尚的珠宝设计转而取道国韵古风的竹产品设计，可以理解为他在面对东西方文明碰撞时，内心不愿妥协、不愿弃守的文化坚持，也可以理解为他有意以最具中国意象表达能力的竹材作为联通东西的桥梁。从美国回台湾，从台湾回大陆，石大宇的设计之风一直追随着孟宗竹的脚步。他相信，挺楷秀柔韧的孟宗竹加上原乡广阔的舞台，定能让他的设计灵感激荡出更加绚丽的光芒。怀揣着自认材质最好的台湾孟宗竹的标尺，石先生来到了大陆。

拿着孟宗竹的名片去寻找耳熟能详的毛竹，哪怕是俯拾即是，也少不了一番周折。石先生去过很多地方：浙江安吉、安徽木坑、四川蜀南、重庆永川山……那风摇千顷、浪涌万山的竹海，是孟宗竹，却又不似孟宗竹。冬天下雪，竹子中空，含水量高；缺风少水，竹子韧性不足，容易开裂……闽北山区与台湾有着相似的竹生长环境，有山有台风，有水不积水，特性匹配。兜兜转转，石大宇先生选择了政和，他说，他在这里找到了心目中的孟宗竹。

更重要的是，他在政和找到了志趣相投的合作者。石先生的很多设计需要把竹的韧性和弹性用到极致，工序复杂精密度高，单单备材就很讲究，时间沉淀与打磨的成本，并不是每一个厂家都愿意支付。而他的"铁粉"合作者杨忠说："他想要的我恰恰都有。"共同的文化基因、审美取向和目标追求，仿若心意相通的眼神，轻轻碰撞就可默契相扣、解码心灵。如果石先生对孟宗竹的选择是一种必然，那么，他对政和的选择也可以说是一种必然。

二

竹屏风、竹地板、竹桌椅……走进这个完全由竹打造的空间，一时难免恍惚，不知是穿越到了唐朝，还是东渡去了瀛洲。但见清案素几，疏朗简括，笔墨席榻，清新宁静。此时，只宜香茗对饮、丝竹轻拂。不言不语，自有"雨洗涓涓净，风吹细细香"的雅韵禅意。一把"椅君子"，近90度的反弓异形，疏密有致的套圈组合，不仅有光滑细腻的质感、竹弦弹颤的透气感，还有根据人体结构科学配置的舒适感，那是传统意境与现代工艺的完美结合。

小小的政和有二百多家竹企业呢。在这个有时代楷模引领，有"先贤过化"文化的依托，有氤氲茶香浸润滋养的城市，竹企业的发展已成规模，越来越多环保、优质、价廉的竹工艺制品正在进入家庭和酒店、商场、学校、办公区等公共服务空间。

石先生是位设计师，但他认为汉语中"开物"语词的表达比"设计"更精准，就是通晓、顺应天然材料的属性规律，用科学的工艺技能挖掘开发创造它真正的价值，并为人所用。他说：艺术是一种表达，设计是为了解决问题，需要提供答案。

如果说"开物"是在自然的理中寻求出一条人为的道来，那么，中国竹在"开物"的道路上已经行走了很长时间。从以竹为偏旁的汉字生成、竹简、毛笔等文化载体的发明到以竹为原料的生活器具的使用，竹子不仅成为人们物质生活的重要组成部分，更成为精神生活和文化表达的重要载体，乃至于文明的映射。然而，随着万物互联、高速运转时代的到来，小小的竹子也迎来了挑战与机遇并举的时代。中国人对竹的理解、解析与诠释需要增加新的内容，否则就会像虚拟世界中被留在时光隧道里的白衣剑客，衣袂飘飘甚是好看，但没了剑气也没了神韵。

杨进财先生做竹灯饰十多年了，从小作坊经营成长到有一定规模的宝菱公司，靠的是手艺，赚的是人工。这些天，恰逢茶叶采摘期，厂里没有多少工人，"公司+农户"的生产模式让管理结构相对松散自由。他说，政和的竹产业已经形成了上下游较为完整的产业链，分工明确，不用像过去那样什么都亲历亲为了，自己研发机器设备，成本自然会降下来些。除了灯饰之外，老杨也承担些半成品的加工。他苦恼的是，质量好的竹制品常常因为价格被投机取巧的低端产品打败，智能化的设备还是太少，"很多东西是因为想不出来才做不出来，而不是想出来做不出来。"

格物才能致知，知至才能开物，而另一条逻辑是"知至而后意诚，意诚而后心正，心正而后身修，身修而后家齐，家齐而后国治，国治而后天下平"，这是来自《大学》的启迪。从产业链顶端向下俯探便知资金投入重点在研发设计，不在底层的循环往复、复制粘贴。"百姓日用即道"，当一种贵材要取代另一种作为日需，要么科学降低成本，要么普遍提升购买力。这个世界，有阳春白雪的闲庭信步，也有下里巴人的生存奔波。

竹空间（余明传 摄）

三

"开物成务，冒天下之道，如斯而已者也。"开物终究是为了成务。

在政和县高速连接线旁，矗立着一座闳敞轩昂的建筑，上面红色的"中国竹具工艺城"字样格外醒目。那是已经建成完工，计划在2024年启动的竹产品博览集散中心，即将交付商户装修入驻。竹产业发展中心主任张富强说，"中国竹具工艺城是2010年中国林产工业协会授予政和的牌子，我们就想把这个工艺城打造成中国乃至全世界所有想要买到竹产品的人的首选之地，让他们在这里能找到所有想要的竹产品！"

这里预留了竹空间设计研发数字中心、竹行业工艺设计标准实验室和国际竹产品设计打样中心的打造空间。这不仅仅是场地资源的预分配，更是着眼当下和未来观念上的提升。福建省竹产业标准化技术委员会把秘书处设在政和，更为规范产业链的各个环节，提升行业整体质量水平，提升消费者对产品的认可度提供了保障。有了通行的标准，有了科技的赋能，中国竹产业才能在国际场域掷地有声。

不知为什么，忽然想起我其实是见过台湾孟宗竹的，就在南投日月潭边。时下，那片竹林笼罩于一片朦胧的雾气之中，像光影之下的结界，将世界一隔两边，半凉半温，半静半喧。然后，人进人出，结界被打破，边界不再。

其实，不管是孟宗竹、毛竹，还是西藏箭竹、牡竹、准噶尔石竹……都是中国的青士、明玕、此君、郁离……不影响它们为中国的碳达峰、碳中和贡献力量，就像其他天然环保材质一样。

此时的我在想，有空到政和这座魅力独具的小城来走走，访竹林，品白茶，谈朱子，听廖俊波的故事，一定会有一番别样的感受。面向未来的竹，不会在笋箨上遗梦、不会在竹梢上空想，只会迎着阳光，一寸一寸，倾听拔节生长的声音。

竹博馆（余明传　摄）

灵韵山水

念山梯田

□ 唐　颐

一

　　倚栏而立，稔泰阁上，如置身云端，脚下是念山千亩梯田。适逢立夏季节，梯田全蓄满了水，大的有一二亩，小的不过几平方米，就像一面面不规则的镜子，高低不平，错落有致，延伸至山脚，一望无际，闪闪发亮。

　　眺望远山近田和挤在角落的村庄，俯瞰蓝天白云倒映在画格般的水面上，不禁赞叹：真是一幅千里江山图，更是一幅人造的山水长卷!

　　一般情况下，人在壮阔与苍茫的大自然面前总是感觉自己渺小，比如航行于汪洋大海，驱车于戈壁沙漠，仰望雪山冰川，走进热带雨林。此时东坡先生的两句诗最能引起共鸣：寄蜉蝣于天地，渺沧海之一粟。但今天，同样面对壮阔与苍茫，我却感觉到了人在大自然面前的伟大，此刻引用一位法国博士对云南哈尼梯田的赞语甚为贴切：这才是真正的大地艺术，大地雕塑！

据专家考证，中国梯田大规模开发，至少有2300多年历史，堪称人力改造大自然的杰作。念山梯田开垦时间晚了些，相传1100多年前，黄巢率农民起义军从仙霞岭入闽，攻入闽北关隶(今政和)，见此地山高峡深，易守难攻，便安营扎寨，操练部队，号召农民军与当地民众一起开垦梯田，自力更生，备战备荒。后来，人们为了纪念黄巢起义军，便将散落在梯田四周的七个村庄统称为黄念山，这也是念山地名的由来。

窃以为，黄巢不仅是军事家，还是实干家和艺术家，他指挥军民，战天斗地和精雕细琢，愚公移山和工匠技艺，开垦出天梯之田，创造出了如此大气磅礴、曲线神奇的人间景色。

二

念山村地属政和县星溪乡，是个神奇的地方。此番我们采风团队伍中，有一位作家马星辉，于2020年12月被念山村党支部和村委会授予荣誉村民称号；同年11月，他的长篇历史小说《念山传奇》由海峡文艺出版社出版。

《念山传奇》描述了唐朝末期，黄巢率领的农民起义军从中原打到南方，在念山一带安营扎寨、操练与屯垦，欲取八闽首府福州。朝廷闻讯震惊，下旨福建招讨使张瑾率十万官兵前往围剿。农民军与朝廷官兵在此展开激烈对抗，最后一战连续九天九夜，双方损失惨烈，起义军取得最后胜利，同时留下众多传奇故事。

小说的历史背景分为唐末与明代两个时期，讲述了黄巢在念山藏宝，并留看宝人世代看护，引发了朝廷锦衣卫以及倭寇等多方面争夺的故事。小说描述了农民军与官军后代拒绝战争、忘却恩怨，在念山避世农耕、生儿育女、尊老爱幼、和睦邻里的情感故事。

小说中不少生活场景和现存的文化遗迹遥相呼应，比如"念山开镰节""抢溪洲、走古事""黄菊花节"和念山梯田、黄巢井、黄巢庙、英杰山、黄巢菊等，无不体现了当地民情风俗、自然风光和对当年黄巢农民军一种难以忘怀的记忆。

念山农耕文化底蕴深厚，走进念山古村落，一股古朴、安静与祥和的气息扑面而来。导游小邵女士背诵当地民谣：古树旁，黄泥墙，小巷弯弯同人家。小邵三年前被上级派驻念山村任党支部第一书记，她为我们导游念山人文与自然风景，自然谈古论今，如数家珍。

古树林中的"黄巢井"，历经千年，依然泉水涌动，清澈见底。小邵介绍：黄巢屯兵念山，遇大旱，即挑选有水利经验的将士300名，打井十余口，解决了军民饮水问题；又用神剑祈雨成功，让庄稼获得丰收。而今，仅存这口黄巢井，井水特别冰凉甘甜，每到夏季，当地人喜欢用井水浸泡西瓜，成为一道美食。古树林中有一株马尾松，高大挺拔，直入云天，树龄达百余年，小邵称它为"树坚强"。近观，离地面才一尺的树身，被砍去约1/4，据说是"大炼钢铁"年代所为，但不知何故，砍者斧下留情，马尾松坚强生长，终成参天大树。我笑言：一生一世值守黄巢井是它的信念，有信念者必坚强。

念山风景区近些年又增添一个新的打卡点——云谷鹊桥，长

念山村（余明传 摄）

达309米，号称福建省最长玻璃索桥。小邵说，年轻的游客喜欢称它为丘比特箭桥，因为桥下的狭湾深达158米，蜿蜒的河道犹如一张弓，玻璃索桥就是架在弓上的爱情之箭。

黄际瀑布从30余米高处如丝如缕、飞花溅玉而下，一条新辟的木栈道穿越密林，带着你与瀑布亲近。坐在木椅上，望着阳光让瀑布五彩缤纷，呼吸着山水森林味道，我久久不想起身，联想到该瀑布姓黄，应该与黄巢有关系，待回去后好好读读《念山传奇》，寻找答案。

三

因为吾辈半个世纪前当过"知青",那时老人家指的大有作为的"广阔天地",于我就是一层一层从山脚盘旋到山顶的梯田,多少个春夏秋冬劳作于此,耕耘收获,苦乐自知。所以后来,每遇梯田,我总有一种遇见第二故乡的感觉,同时练就了一双毒眼,只要一瞥面前的梯田,就知道它是否得到善待。

精耕细作是中国农耕之传统,起码保持到20世纪七八十年代。每年开春,草木复苏,梯田的首次耕作谓之"锄田",锄去旧田埂上的草,制作新田埂,还要在每丘田的四周挖出水沟,以便犁田时,犁出第一页新泥往水沟里翻卷,犁出平整整一丘田。十天半个月过去,新田埂干了,第二次耕作名叫"砍塝",即挥舞一把长柄砍刀,将梯田塝壁长出的杂草连根劈掉。经过锄田和砍塝的梯田,面貌焕然一新。

遗憾的是,途经景区之外的梯田,只见田埂田塝枯草夹杂着青草丛生,其实那不是荒芜,只是不再精耕细作了。就如我许多年前回到当知青的山村,目睹房前屋外的梯田竟也破败不堪。村民笑言:早已不需要锄田砍塝了,田埂蓄水时修补一下,堵塞漏洞,至于对付田塝杂草,撒上除草剂即可。

但,念山梯田让我精神一振。不论远眺还是近观,皆可体验到主人精耕细作,丝丝入扣的匠心,没有一条田埂不是浑圆匀称,没有一面田塝不是整洁如新,没有一处田埂水闸不是方方正正,没有一块水田不是天光云影。

58

梯田云影（余明传　摄）

　　联合国教科文组织将中国传统的锄田砍塝等农活技艺，保留在了世界文化遗产之中。

　　那个名为"角厝"的村确实被梯田挤在"角落"里，诠释了著名作家叶辛创作的知青小说《过客亭》中的一句名言：山坡是主人，人是客人。

　　念山梯田四季皆有美景。春天，大小水田如明镜映天，天光云影共徘徊；夏至，禾苗风中摇曳，绿浪滚滚，青翠欲滴；入秋，稻穗飘香，金色梯田连接天边；隆冬，瑞雪降临，条条银龙静卧山岗……

　　但让我念念不忘的还是金秋。到那时，看完念山金灿灿的梯田，顺道去看金灿灿的古银杏林，一路吟唱黄巢那首诗：

　　　　待到秋来九月八，我花开后百花杀。
　　　　冲天香阵透长安，满城尽带黄金甲。

笑访石圳湾

□ 何　英

石圳湾的过去

石圳湾的过去，有感人故事。

甲辰初夏，怀着期待的心情来到石圳湾，带给我的是感动。

"石圳湾"是石圳村的乳名。

村前从县城朝西而流的七星溪，像一条腰带护卫着石圳湾。在口口相传中，都说那长长的七星溪经长年的洪水冲刷，将来自"天边的淤泥"带到这里，慢慢地堆积成一个小岛。于是，经年历久的堆积成就了"石圳湾"。

不知又过了多少年，陈姓与赵姓先民从"远方"行游来到这里，看到山清水秀，周边参天古树成林，连呼"好地方也"，便在这里定居繁衍子孙，同时取名"石圳湾"。

接着，村民薪火相传，慢慢地种植茶叶简单晾晒传承至今，便有了本地较早的政和白茶，并被命名为"中国白茶小镇"。

旧事乡味（余明传　摄）

后经村民一代又一代的努力，石圳湾的茶叶成了公认的好茶，许多外地商人将政和白茶推向了世界各地。从此，石圳湾逐渐成为繁华的商贸要地，招徕外地的商人和游客定居在这里。

再后来，因为这里商贸林立环境资源好，村民勤劳和善，外地商人在这里认同了石圳湾，安家乐业的便有王、张、李、陈等几十个姓氏，成了杂居之地。水陆各行各业在这里繁衍形成了当年政和繁华的商贸要地。

村民都说，在祖辈的口口相传中，石圳湾历史上最繁华时期，开设了票行、典当铺、酒楼和各式各样的商贸行，仅烟馆就有好几家。年长者还说，最繁华时期石圳湾是闽北水陆交通的要港，曾有俄罗斯船只来运送白茶，停靠在附近的沈屯洋码头。

如今，随着美丽乡村的建设，石圳湾仍然居住着六百多村民。这个闽北山区的小村庄，让我的内心在微笑。

卧牛岗的传说

进入石圳湾，向你张开双臂迎接的是村头的一座小山，本地人称"卧牛岗"。

传说，王母娘娘有一天下凡到人间。来到石圳湾后被这里恬静美丽的环境感动，便挥手将一头在天堂偷喝了圣水的大水牛点化成山，惩罚它长卧在七星溪畔护村。

于是，人们都说这座小山在远处看过来，似一头卧在七星溪岸的大水牛，"牛头"在石圳湾，"牛身"在桐岭村即现在的"松源村"，"牛尾巴"在富竹庄即"倪屯村"。

王母娘娘担心那牛不专心，再拔下头上的银钗一丢，正好插在卧牛岗的"牛鼻子"前变成了一香樟，成为拴牛绳的大树。从此，村民称这棵香樟为"牵牛树"。

有村民告诉我说，以前这里的植被非常好，秋天的卧牛山特别美，整个卧牛山都长着参天的大树，有松树、枫树、小叶香樟和各种阔叶树木，甚至还有红豆杉和楠木。尤其是冬天，那枫树的叶子已经变成了熊熊的火焰，而松树侧仍然绿绿的，似乎不知冬天的到来。她和小伙伴们特别好奇，小时候天天和小伙伴到卧牛岗去摘野果，采蘑菇。

今天，那棵牵牛树仍然忠诚地耸立在那枝繁叶茂。只是经岁月的风霜，村民在挖山修路时，原耸立在山头的牵牛树，慢慢地下滑在河岸了。

圳边上的赵家院子

从东缓缓向西流的七星溪，智慧的祖辈挖了条小水圳引水进村，穿过石圳湾向西而去进入倪屯村，同时浇灌周边的粮田。

算不上宽的水圳穿村而过，繁华时期筑了不少的跨圳小廊桥。水圳两岸依圳而建的，是具有闽北特点的房舍。至今留给人们的，是岁月风霜留下的一些大户人家的墙基遗址和墙基里的感人故事。

村民说，有一户赵姓人家，因突遭不幸长辈逝世后，留下姑嫂俩在邻居们的扶持下成长。姑嫂俩长大后勤劳善良肯帮人，邻居有什么需要动手的事，她俩都积极相助。当年村里不住人的老

林厝古屋遗址（余明传 摄）

房子里和村头的大树旁都放有存放遗骨的陶缸，俗称"金缸"，按习俗人们都不愿意去碰它。这姑嫂俩每逢邻居需要搬运时，就主动上前帮忙。

有一天，一户有钱人家在做祖坟，说愿意付钱请姑嫂俩帮忙将他们家放在祖屋的"金缸"搬到坟地去。

没想到姑嫂俩用竹杠扛着金缸路过村头的一棵大树下时，那绳索却突然间断了，姑嫂俩吓得大哭起来，担心不仅拿不到工钱，而且坏了人家造坟的运气。低头一看，这缸中竟全都是元宝。

姑嫂俩定了定神后，将元宝拾起装回"金缸"后，扛着它奔向了主人的家。善良的主人听说后，决定各分一半。

姑嫂俩高兴地将元宝搬回家后，马上请师傅来建房，同时商量：小姑留在家里不出嫁，嫂子承诺留在家里帮助照顾家庭。

在邻居的帮助下，姑嫂俩请来"风水师"和建房的师傅勘察准备建新房。可师傅担心这姑嫂俩没钱。姑嫂俩便将要付给师傅的钱一次性全部付清了。

房子框架搭盖好后，师傅精心地为房子门楣和梁框都雕了梅花和观音抱子图等，祈求她们家能发家好运。

姑嫂俩住上了新房，小姑便招卓姓男子上门，还请了家丁，日子慢慢地过得红火起来。后来小姑生了一个儿子，孩子有一次发高烧奄奄一息。姑嫂俩经人指点用一种草药煮汤喂孩子。没想到，孩子竟然奇迹般地好起来了。

孩子长大后学了武艺，立誓要护村。一次外村人进村滋事，这个已经成年的孩子独当一面救护村民，得到村民的敬重。不久，这个孩子因山洪暴雨救人遇难，村民把他奉为村里的"护村神"。

如今的赵家院子，虽然已被开辟为村里的小公园，但是村里人仍然对赵家的故事口口相传。

水从树洞过

我游览过不少乡村，唯见石圳湾那耸立小圳边的几棵古香樟的腰部天然凿就小洞，让溪水穿流而过。

相传，人们在石圳湾繁衍后，一仙人路过，在远处看村里有已建的房屋似七只乌龟，认为会引来村中的火灾，建议挖成七口井来"压龟"。

村中长者便如此这般地组织大家挖了七口水井，称为"七星井"。从此，石圳湾平安了几百年。而那先民种植在水圳边的古香樟，似乎理解了村民的心意，竟巧妙地成长为水流穿越而过的天然树洞。

第一棵耸立在村头小圳边展风姿的是一棵千年古香樟，需七八人合抱。那从七星溪引流而来的水，日夜不停地穿越树根洞。

传说有一年洪灾，一名善良的外地商贩在赴此贩运货物时遇洪峰失事。第二天，村民发现这棵古香樟遭雷电拦腰折断并劈去一半，后又重新长出新枝。奇巧的是，在这棵残留半片的古樟根部恰巧形成一条约拳头粗、手臂长的树缝，成为村里拴来往船舶的树桩。至今，那深深地被拴绳缠绕成的裂痕，仍在诉说着岁月的沧桑。

石圳湾村尾，也是一棵水流穿越古香樟根部树洞。在古老的传说中，这棵是"发财树"。于是，至今便有人在此系上红丝带祈福祈财。

有趣的是，树头的古香樟旁的小圳边上，有一棵几百年的银杏树。村民说，它原本是两棵共同成长的"夫妻树"。1989年遭遇洪灾破坏后，被村民称为"老婆树"的那棵死掉了。经大家清理后，发现它又发芽长成两棵"孪生兄弟"树，村民们称为"父子树"。

石圳湾的巾帼

历史是丰厚的。

村民说，在20世纪的70年代初"农业学大寨"时，县里曾组织十万多民工上阵，想引七星溪水穿过卧牛岗，用棒槌开凿，硬是从卧牛岗的"牛脖子"开凿了一条"桐岭峡"，欲将石圳湾改造成粮田。

大批民工齐上阵的当天晚上，几位年长的村民同时做了一个"噩梦"，梦见卧牛岗下的七星溪一片血红，惊呼"'风水'被破坏了"。

此后，不少村民反对凿卧牛岗。在那特殊的年代，人们保护环境的意识不强，因此引发"牛头村""牛身村"和"牛尾村"村民的常年纠纷。

时代进入推进社会主义新农村美丽乡村建设的2013年，村中巾帼袁云机被推选为村妇代会主任后，勇敢地承担起"村官"的责任，抓住契机组织10位乡村妇女，她当"领头雁"组成"婆婆妈妈志愿队"，从清理打扫村头巷尾的垃圾堆着手，开展清洁家园行动，得到县乡政府的大力支持。于是，星溪书院、美术馆、农家菜馆等富有传统文化又具有地方特色的院落布满石圳湾。

我想，若有机会再次到石圳湾，定将放声豪笑。

天村稠岭·佛子山

□ 陈元邦

稠岭村在政和县外屯乡,原来村名叫"筹岭"。村子名称与路有关。海拔千米、山高路陡,行路难,难于上青天。修路乃村民梦想,又苦于没有资金,为了圆梦,乡人有钱出钱,有力出力,筑起了一条"通天"之路,以"筹岭"村名以记之。"筹岭"地处千米稠岭之巅,"筹""稠"同音,便以"稠"代"筹",有了今天"稠岭"村名。古时,有人戏称"筹岭"为"愁岭",山高水冷,为生计发愁。如今,这村还有一个别名"天村",一个坐落在云天之上的村庄。有人索性称之为"天村稠岭"或是"稠岭天村"。

稠岭村是一个有着400多年历史的古村落。披着晨霞,行走村子小道上,黄色的土墙透着古朴,鸡鸣声不时地从四面八方传入耳际。只闻其声,不见其影,这鸡都到哪里去了呢?一位农妇正拎着一碗鸡食往村外田野中走去。她告诉我,给鸡喂食去。原来此起彼伏的鸡鸣声是从田野传来的。村民们在田园中搭起鸡舍,鸡圈养在这田野中。穿梭村子,随处可见红红灯笼,有的挂在民居的屋檐下,有的一个挨着一个挂在小道上,成了一道风景。

村里的一些民居被辟为民宿或是小菜馆,一位村民正在屋前的菜园子里收获蔬菜。这才是真正的当地"土菜"啊!自家菜园子种出的菜、自家田园里圈养的鸡鸭。村庄四野皆是翠竹,冬有竹笋、春有春笋、夏天还有绿竹笋。另一家民居前不高的残墙上晒着野生金银花和和草根。老人告诉我,在烹饪鸡鸭时放上一些,可以养身。这不只是"土菜",而是"药膳"了。想想也是,在封闭的年代里,这些花草就成了药,起到了有病治病、没病养身的效用。如今,村庄如一坛尘封的老酒,游人们闻香而来,或漫步乡村小路,或坐在观景平台,斟一壶时光的酒,品一杯长在云间的政和白茶,近看村庄,远眺群山,蓝天白云、云卷云舒;夜晚,可以呼朋唤友,围炉而坐,引手摘星辰,让云气扑

稠岭夜色(余明传 摄)

面，枕着山水入梦、揽星月入怀，披云天同眠；晨时，听鸡吠相闻，看炊烟斜出，那是何等的惬意！

"云半间""三秋四季"是两处民宿的名字。这名，很有诗意，概括了稠岭天村的意韵。云半间，我住半间，云住半间，我与云同住一屋。"三秋四季"，取"一日不见如隔三秋"之意。三秋，一日也；四季，一年也。意思是说，映入眼帘的景色日日不同，四季不同。在我以为，还不止于日日不同，而是时时不同。光影造景，晨曦时和阳光映照时，景色就各美其美。太阳爬上柳杉，虽是背光，但与村头长廊伸向苍穹的翘角相呼应，宁静而又磅礴。

美的不只是它的村落，还有田园，层层的梯田、茶田、翠竹展示出立体之美。金秋可以望见向日葵、春天可以欣赏到油菜花、百日草。这花开得层层叠叠，开在云雾之中，别有一番的意境。村边一块巨石，勒着"天音"二字。当地人说，巨石中间有一道缝缭，风吹时，发出的声音有如天籁之音，故取名为"天音"。

去了村子后面的花园，这是游人休闲之处，也是娱乐之地。我见到这片花园时，顿感这是天然之美与人工之美的完美结合。花园建在谷口，是村庄中眺望风景的最佳"窗口"。用树木搭起的简易的牌楼上挂着"福建凉都，天村稠岭"匾额。不远处的土地上，有一幅图案，让人一看便知它在表达的是"我爱天村"，"我"是英文的，爱是心形的，浪漫温馨。这里是一处"网红"打卡点，我顺着长长栈道望去，栈道上有好几处观景平台，在不同平台观景，所欣赏到的景色也各不相同，给人一种移步换景的享受，每个平台，都成了"网红"打卡点。

夕照佛子山（赵谊 摄）

花园还有几处木屋和几处凉棚。盛夏时，这里凉风习习。游客们坐在这里沐着清风、吃着烧烤、品着白茶，日观云雾，与佛子山对语；夜数星月，与星云脉脉。我坐在花园，享受大自然之美，也陶醉于这里的鲜花。我有些惊诧，田野小道的路边，红、黄、白、紫，间杂在一起，非常艳丽，初看还以为是人工拼花，俯下身子用手触摸，这是实实在在的鲜花。

村子前是一处广场，挨着大门，便见一列牌楼。"四民咸赖"高悬牌楼中央，楼宇古色古香，是村中最恢宏气派的一幢楼宇。晨阳沐浴牌楼，泛着金光，确如一处匾客所书，"春和景明"。廊中木柱两两相对，每对木柱上，都挂着一副对联。"雨后薄烟玉镶山，云中高树绿垂檐"……一副副欣赏，一副副品味，在门楼的一方还悬挂着写有"福小宣·闽北讲习所·政和板凳微宣讲"的横匾。楼门的另一旁，沿墙而建的功德榜，记载为这长廊建造捐资的人士。我吮吸到了乡村的文气，乡愁也在心中萦绕。

夜幕降临时，村广场上会有人自发组织一些晚会，游客们燃起篝火，尽情地跳着，也可以一展歌喉，尽情地嗨着、乐着。夜的天村不只是宁静，也有喧闹。

稠岭遥对佛子山，虽说相看两不厌，也正因为相看，更有了走进的欲望。横看成岭侧成峰、远近高低各不同，佛子山风景名胜有狮峰、笔架山、天生岩、天柱岩、夫妻岩、猪面岩、猴岩等山峰崖石险峭峻拔、云海、雾气气势磅礴、变幻莫测。地质专家说"这里是火山地质奇观"；生物专家说"这里是生物资源宝库"；旅游专家说"这里是游人陶醉仙境"；哲学家说"这里是不变于万变之中"，教育家说"这里是治志科普园地"；医学

专家说 "这里是怡情疗养胜地"。百多米的悬崖峭壁直入云霄，火山岩的崖壁黝黯，晨阳映照下泛着油光，长在崖壁上的一棵树在阳光中嫩绿欲滴。泉水沿着崖顶流下，在断崖处成了瀑布，瀑布不大，滴声清幽；时而举目眺望，早上我从稠岭看佛子山，现在我站在佛子山看稠岭，稠岭有着远眺之美；时而平望，看到了藏于夫妻岩中佛子岩，独看犹如虔诚佛家弟子面壁参禅，形神兼备，与夫妻岩组合来看，又似一家人；时而俯视低望，峰岩皆入眼底，青松与峰岩同框。江炜颇为自豪地说，当地人称它"小黄山"。佛子山四季皆美，冬时，在这里可以赏到雪景，观到雾凇。他在手机中搜出几张照片，美呆了。他告诉我，这里海拔1千多米，每年冬季都会下雪，都可以观赏到雪景。

站在山巅观景平台，环顾四野群山，青翠连绵，林木丰盛。记得行走栈道时，随处可见南方红豆杉、银杏、竹柏、油杉、柳杉、三尖杉、香樟、楠木……好一片林海，青翠欲滴。其实，眼前的佛子山只是景区的一个部分，景区面积达137.3平方千米，难怪享有雄秀东南之美名，是人们观光、探险、科普、休闲、度假的好处去。

陶醉在佛子山的灵山秀水中，又感到它似乎依旧"锁在深闺"少人至。望着佛子山，望着沿山脊而建的栈道：它最适合驴友活动。我想着，可否以山地活动为突破，定期举办山地越野活动，让登山爱好者走进佛子山。网络时代，人人都是自媒体，人人都是记者，我们要通过各种形式告诉世人，在福建政和，有这样一处人间福地——佛子山；让更多人看到佛子山美轮美奂的仙境之美。

廊 桥 之 旅

□ 陈国发

清代曾任福建布政使的周亮工《闽小记》四卷中记载"闽中桥梁，最为巨丽，桥上建屋，翼翼楚楚，无处不堪图画"，即为闽东北廊桥。

在闽、浙边界若干县的崇山峻岭中，上天掉落下300多条彩虹，深藏于绿水青山之间。从宋代起始，跨越千百年，依然美丽，依然实用。木拱廊桥营造技艺列入国家级非物质文化遗产名录，进入中国世界文化遗产预备名单。而各朝代遗存的廊桥序列齐全、值得一睹芳容的地方，闽、浙两省七县结合部的福建政和县为其中之一。

政和廊桥历史悠久，且款式多样，有木拱廊桥、木撑架廊桥、木伸臂廊桥、简支梁廊桥、石拱廊桥等，其中木拱廊桥最具工匠艺术、视觉效果和文化价值。

俯视廊桥，好似浮在水面的古厝，宁静而悠然，是过往行人温馨的歇脚地。远眺廊桥，它宛如长虹，画出一道优美的弧线，飘逸灵动；桥的两侧披着厚实杉木板，用于遮风挡雨，廊桥又像一位站在河面的蓑笠仙翁，凝视着邻里乡亲，护佑着南来北往的匆匆过客。仰望廊桥，只见百柱成一桥，在溪水倒映下，像一个个魔方，层层叠加，形态各异，让人惊叹。

炎炎夏日，桥上凉风习习，总有人惬意地躺在廊凳上，做着自己的美梦；放学的少年童心未泯，在桥上嬉戏追逐；乡村青壮年则跨越廊桥，去寻找外面的世界；留守的老妪老翁，时常结伴聚集廊桥，或在神龛下祭祀，祈求全家平安，或是讲古论今，家长里短；若偶遇暴风雨，廊桥是绝好的避难所，给人一种家的安全感。

廊桥无论规模大小，以下五大标配总是不可或缺。

楹联成趣。许多廊桥柱子上或写或刻着美好的词句，中华优秀传统文化在此传承和传播。如坂头花桥的藏头联"花间鸟语欢迎我，桥下泉流远送人"。

桥庙结合。多数廊桥建有藻井，设置神龛，供奉如来、弥勒、观音、关公、大禹或地域民间信仰人物，廊桥成为民俗文化和祭祀活动的场所。

廊桥与宗亲文化结合。农耕时代，修桥铺路是件功德无量的善举，村里名门望族引领，乡民有力出力，有钱出钱，有物出物，造就了一座座永恒的廊桥。建桥人的姓名便录入族谱，流芳百世。

廊桥构造与建筑艺术结合。建桥过程十分考究，桥址必须选在村尾；"清河"则是开工的重要仪式，造桥缘首此时开腔，告知周边的万物生灵：拦水筑坝造桥，惊扰了各位，希望让出通

赤溪廊桥（余明传 摄）

道，以方便施工，待到上梁之后，即可恢复原样。这是先人敬畏自然、追求人与自然和谐共生之举；营造廊桥不用一颗铁钉，全为榫卯结构，屋顶飞檐走壁、楼、台、亭、阁风格迥异；风雨木披上有圆形、鸟形、葫芦形、蝙蝠形等镂空窗花，既能采光通风，又可欣赏桥外风景。

廊桥促进人类互动。它满足了溪河两岸人的需求，使乡民"往来利涉"。古廊桥多选在官道、要道上，既方便通行又方便人们之间联络；桥上举办的各种民俗活动，大大增进了人与人的交融；有的廊桥梁柱上，还画有各式彩绘，具有教化及辟邪功能。

河上架桥，桥上建廊，以廊护桥，桥廊一体，人桥相亲。传承着古老而独特的廊桥文化，生生不息，世代相传。政和廊桥中的洋后桥、后山桥、赤溪桥已列入中国世界文化遗产预备名单。

洋后桥飞虹卧波在外屯乡外屯村旁。放眼望去，山、水、田、林、桥、民宿错落有致，好似一幅水墨丹青。两座石狮护卫桥头，桥面宽敞整洁，为清代道光三十年重建。细观此桥，它有五绝。

一汪碧水在这里转了个九十度的弯，廊桥横跨于此，在拐角处建桥，为一绝；廊桥一头连着生机盎然的盆地，另一头却倚靠绿树成荫的青山，两头不对称的廊桥并不多见，为二绝；桥拱跨度达33米，单孔跨度之大，在中国现存古廊桥中实属罕见，为三绝；桥中央设有神龛，供奉观音、真武殿大帝像，南桥台还有三圣尊王庙，供奉徐、惠、吕公等，一座桥供奉如此多的神明，为四绝；每年端午节，十里八乡的信男善女，成群结队来到洋后桥，进行祭祀、念经、投粽活动，拜诸神，诵经书，投粽子纪念屈原，"端午走桥"为五绝。

暮春时节的岭腰乡，艳阳高照，天蓝水碧，溪水欢跳，后山桥像一座古宅大院，耸立在溪水之上，造型雄伟，古朴典雅，特点鲜明：始建于明朝，经过不同时代的数次修建，廊桥重现芳华。桥屋顶两头各有三个燕尾橼角翘着，尽显庄重。桥上横梁、方缘上有许多古字古画，作者是本地吴姓人士，足见此地曾经文风鼎盛。桥柱和封檐板涂刷赭红漆，万绿丛中一点红，廊桥在绿色大山的映衬下多姿多彩。

兴建后山桥，有两个神奇的传说：一是神鲤鱼相助。原先桥址选在上游，当乡民砍好造桥杉木放入溪河，湍急的水流总会将木头冲至廊桥现址，乡民无奈之际，忽见两尾神鲤鱼跃出水面，化作巨石牢牢截住杉木，先民诧异：莫非这是天意。再次勘察后，选择现址建桥成功，而幻化为巨石的"神鲤鱼"，至今依旧沉于桥下，忠诚护卫着廊桥。二是仙人点化。建桥接近尾声，却始终不能合龙。此时，一位穿戴邋遢的老者途经此地，要求搭好木板让他走过，桥就能合龙。大伙心急，无人顾及，一位年长的工匠看着老者苦苦等候，便搭好木板，并搀扶老者说道："老人家小心走，木板不牢固。"老者却回应："千牢！万牢！"待他一通过，桥立马顺利合龙，老者却无影无踪。待乡民缓过神来，恍然大悟，原来是遇到神仙获得金言了。

山高林密苔滑，小桥流水人家。赤溪桥横跨在二五区澄源乡的上、下赤溪村之间，它始建于清代乾隆五十五年（1790），由政和知县蒋周楠捐俸倡建，建桥缘首为赤溪村的颜氏后裔，之后

端午走银桥（余明传 摄）

多次重修。

营造赤溪桥的传说神秘而风趣。相传赤溪村外2千米有个鬼洞岩，人经过此地就会失踪。于是乡民请来风水先生，他说：赤溪是个好地方，原来虽有桥，但要选新址重建。为建好廊桥，乡民又先后请来两位风水先生，两人选的吉时均为卯时。一位说卯时有鸟叫为吉，另一位说卯时有公鸡叫为吉，赤溪人不知如何是好？然而等到那天卯时，南边传来了鸟鸣声，北边走来一支定亲队伍，他们挑在担上的公鸡也叫了，良辰吉时，顺利动工建桥，赤溪村民从此过上了安定日子。

政和木拱廊桥，与闽、浙边界遗存的其他廊桥同源同种，源头来自张择端《清明上河图》中的汴水虹桥。20世纪50年代出版的《中国桥梁史料》，认定营造虹桥技艺已经失传。峰回路转，70年代末，专家发现了闽东北、浙西南的木拱廊桥，经考证为宋室南渡，工匠将技艺传到闽、浙山区。因此，中国桥梁界泰斗茅以升，在之后出版的《中国古桥技术史》中，以闽、浙木拱廊桥为例，证明了"北宋时期盛行于中原的虹桥技术并未失传"。

请来政和走桥吧！沉浸式体验北宋虹桥的遗风和神韵，快乐品尝朱熹文公宴与政和八大碗，用心感受福建凉都的清爽与热忱，一定会收获满满。

锦 屏 览 胜

□ 张冬青

　　从浙南海拔千米大山深处百里逶迤奔涌而来的一溪碧水，在这里流得愈加曲里拐弯踌躇满志起来，有如一只从远空归回绕树三匝寻觅爱巢的大鹏，又像是一位衣袂飘飘胸怀锦绣的智者，她要在峡谷水岸次第检阅祖先埋藏的宝矿，千百年间一手哺育滋养长成的古柳杉、古茶树、南方杉木王，反复回味咀嚼那些历久弥新的古老传说，并且和诸多瀑布、水潭氤氲蒸腾的水汽一道，将此处青山绿水间的美好一并拓印裹携了到远方去展出。这里就是位于鹫峰山腹地政和县岭腰乡境内闻名遐迩的锦屏村。

　　锦屏古称吴家山，相传五代后周时期，当朝的谏议大夫吴十七厌恶官场的争斗，毅然辞官，扶老携幼从乐溪溯流而上，就是看上了这方山环水抱的风水宝地，因此在此隐居繁衍生息，成为吴姓一族的开基祖。唐末期间，这里属浙南处州遂应乡管理。南宋之后，由于当地银矿的开采，在崇山峻岭间形成繁荣的小市场，因而命名为遂应场。新中国成立后万象更新，则观此地山如绿屏水似锦带而更名为锦屏。近年来，锦屏村先后荣获"中国历史文化名村""全国生态文化村""中国传统村落""国家3A级景区""福建省金牌旅游村"等荣誉称号。

小车沿着峡谷溪岸陡峭的水泥山道行驶，车窗外是山石间蜿蜒流响的一溪碧水。轻风吹拂，山野的清新惬意扑面而来。小满在即，大山将入夏该有的繁茂尽情打开。一山的柯槠栗类树木都抽出满树的浅黄花穗，看去一树树有如随处竞举拔高的浅黄色巨型蘑菇；雪白的油桐花开得正旺；路边竹林里满山的当年嫩竹已扶摇直上高过母竹，抽出的枝丫还未开叶，风里蹁跹舞动，像是一群群玉树临风的越野少年。

峰回路转间，我们抵达锦屏村水口。只见一泓碧水从远山逶迤而来，在峡口处流成深浅不一的小水潭，水是酽酽的绿。溪两岸十多棵数百年的巨杉在悬崖间高耸着苍翠。一座20多米长的古廊桥横跨溪岸，宛若一乘自远古停伫的大花轿，正守候着一场在路上的盛大乡村婚礼。古廊桥桥梁正中依稀可见"大清"字样，桥栏廊柱间还有多处涂写着"社会主义好""共产党万岁"等斑驳的标语。政和县科学技术协会主席小徐告诉我，该桥始建于元至正年间，清代重修，至今已有近千年历史，是闽北地区最古老廊桥之一。文革"破四旧"期间，因桥上供奉神像被列拆除名单，当地有识之士连夜将政治标语写上桥廊，使古廊桥逃过一劫，得以保存至今，让人唏嘘不已。

过桥往右向水岸走十多米卵石路，仰头就见到了这棵高达二十多米，枝叶苍虬傲矗蓝天的"杉木王"。此棵两人合抱不过的老杉生长在龟形巨石之上，主干从底部往上数米分为三杈并列至顶，极其罕见奇特。小宋说，传说古杉为旧时当地一高中状元的青年学子神幻所化。古杉树龄1100余年。我们看到"杉木王"树底下的"状元亭"神案里供奉着状元的神像，案前摆满水果等供品，积满香灰的香炉还有未燃尽的袅袅香火。

一行人沿着林木葱郁的陡峭石砌山道走一段，就来到山腰处悬崖底下宽可盈尺的古银矿洞口。我们猫腰进入矿洞，小心翼翼在湿漉漉坑洼不平的幽暗矿坑间行走，矿洞内坑道宽窄不一纵横交错，大处如厅堂，窄小之处则要匍匐进入，形成洞中洞、洞上洞、洞下洞、洞洞相通的奇观。闪烁的灯光下，依稀可见洞壁由银脉纹理形成的"金瓜银线"。耳畔泉水滴答，暗流涌动，仿佛时光倒流，锤声四起，眼前晃动着数不清的烧火炼石、撬矿搬运的古代矿民身影，先民开矿采银的艰难可见一斑。小宋介绍说，这里是宋代采矿、冶炼遗址，为省级文物保护单位，现有170余个古银矿采冶矿井遗址，其中包括大小矿洞数处、风车、石磨冶炼场、渣场及生活区等遗存。

锦屏银矿早期由私营开采，宋隆兴二年(1162)朝廷正式在锦屏设立坑冶转运司，以官办形式开采银矿，到明正德十六年(1521)封矿，前后持续350多年，极盛时年产白银达两万两以上。与此同时，锦屏的商业和服务业也得以飞速发展，出现了专门为矿工服务的各种商埠、作坊百余家，坊间盛传"八万打银人，三千买卖客"之说，可见当年的繁荣景象。

沿原路返回，我们踏横溪的卵石碇步过溪，去谒访被当地茶农称为"仙岩茶树王"的古茶树。眼前草木稀疏的巉岩峭壁之下的溪滩地里，兀然生长着两棵高过三米的老茶树，亭亭如盖的树

锦屏银杏（王祥春　摄）

锦屏村上场自然村（郭隐龙　摄）

冠上正抽萌出春茶采摘后的又一拨新绿；一旁的牌匾上有如下文字：此二株茶王自明万历年间至今有四百多年树龄，茶树主干直径1.2厘米，树高3米，枝繁叶茂，堪称茶树之王，可谓是仙岩茶的老祖宗。

锦屏一带海拔千米左右，常年云雾缭绕，环境独到，造就了品质独特的仙岩茶，成为政和工夫红茶的发源地和白茶贡眉的主要产区。清末民初锦屏茶叶就远销欧洲，享誉海内外。坊间相传，南宋时期有仙人路过此地，发现岩石间生长的茶树是茶中佳品，于是教导传授村民识茶制茶技术，故命名此地为仙岩山，茶为仙岩茶。仙岩茶开发进入鼎盛时期，大致在清朝道光和同治年间。其时，附近澄源、寿宁、庆元的茶叶都云集锦屏茶市，茶行达20多家，其中尤以"万先春牌号"和"遂应场仙岩工夫"最为出名，所产茶叶全部由德国或英国洋行出售。锦屏产工夫红茶品质特佳，运到福州茶行备受青睐，售价颇高。相传福州茶行每年都要等"仙岩工夫"出产到货后方才开市。据统计，至19世纪中叶，锦屏每年茶产量达一万担以上。我老家浦城与松溪、政和相邻，著名乡贤宋时大儒、"西昆体"的主要创始人杨亿对于闽北北苑茶情有独钟，曾有咏茶诗《北苑焙》曰："灵芽呈雀舌，北苑雨前春。人贡先诸夏，分甘及近臣。越瓯犹借缘，蒙顶敢争新。鸿渐茶经在，区区不遇真。"遥想那先贤大儒杨亿，当年莫非也与仙人一道神游过锦屏？

那棵"千手观音柳杉"旁有牌匾如此介绍：此柳杉树龄达800多年，高约25米，冠幅达700多平方米，古树奇在巨大的虬枝贴地面开始层递向上平行伸展。宛如一尊无数玉臂次第打开的巨大"千手观音"。老树颇具灵性，周遭的年轻夫妇新婚之后皆喜来此祈福求子。眼前横展的枝条上挂满祈祷祝福的红布条，一群男女游客正嬉闹着摆姿势拍照。我们沿着上场自然村右向峡谷溪涧岸边的崎岖山道往上攀爬，沿途数里依次可见到形态各异的三叠瀑布、天门漈瀑布、虎头漈瀑布。虎头漈瀑布落差过60米，水帘宽幅10米左右，与银矿洞遗址的瑞岩山近在咫尺。遥想当年，那些艰辛挖矿冶炼的矿农苦劳之余，也一定常到这些瀑布水流处沐浴，洗去疲累。这么想着，就觉得眼前的瀑布似一帘雪白的碎银，哭着笑着嘶喊着飞流直下。我在雪浪排空的瀑布前伫立良久。

宽窄不一的茶盐古道由山岩和卵石铺就，如今除游人外已很少有人走动，背阴处长满苔藓，向阳路面则显得锃光水亮，能见岁月打磨的历史沧桑。小徐告诉我，这条古道穿山越岭近40千米，明清锦屏茶事鼎盛时期，这里主产的茶叶、笋干等由挑夫货担徒步经此道至闽东穆洋、赛江发往福州，同时将食盐、布匹等运回山区。古道是锦屏

千手观音（黄琼琼 摄）

旧时连接山海物流及交通唯一通道。古道每隔一段稍显平缓处，总能见到铜钱般大凹陷的小圆坑。小徐说，这里是古道挑夫停歇处，凹坑是经年累月由无数底部包铁的挂杖反复杖击所形成的痕迹——这是汗水和盐渍结痂的伤痕。我的脚步放轻，生怕惊扰了地底安歇的这些曾为锦屏繁荣奔波操劳的魂灵。

漫步锦屏村，周围青山苍翠，一条清澈的溪流穿村而过，水流平缓，卵石间有许多锦鲤、小石斑鱼追逐游戏。溪两岸屋舍俨然，大多由旧厝改建的民宿、茶庄等立面都粉刷成土黄色，上下两层开窗，门前挂满大红灯笼和招牌，也有的店铺还保留着旧时可开卸的木板窗棂。多处有搭出溪面的竹木晒埕，竹编圆簸箕里晒满茶青、笋干、鱼腥草、金银花等，小村弥漫着山野的清香。这是一座古老而又年轻的村庄，宁静祥和生机勃勃的村庄。

杨源走笔

□ 马星辉

一

中华三千县域，各有风姿多彩。

东南政和依山面水，秀雅灵气，北与松溪相邻、南与建州接壤。一条源出铜盘山的七星溪穿城而过，南会浴龙溪，西会东平溪。城中一座七星塔巍然屹立，灵气有至，人才济济。故有"七星溪里星撞星，一城俊彦无白丁"之说。

政和富水亦多山，峰峦奇妙，千姿百态：或如老者仰天问道，或如大佛平面朝天；或似熊立虎奔，冲天长啸；或似飞鹰盘旋、捕食中天；或像游龙云中、腾云驾雾。奇山之象各异、栩栩如生，起伏有致，妙趣横生。

我与政和结谊颇深，先是创作长篇报告文学《武夷之子》，后又签约长篇小说《星溪风云》。前一部是写当代全国优秀县委书记廖俊波在政和的事迹，后一部是讲述当年黄巢起义军在政和的一段历史往事。在文学创作中能有两部书与一个县息息相关，实为缘分不浅。

二

荷风送香气，竹露滴清响。

初夏的政和湿润多情，四处飘逸着白茶的清香，置身其中让人五脏通畅、心旷神怡。此次奉题采写千年古村落杨源，不仅仅是古建筑悠久，还因为这是一个有历史传奇故事的地方。

杨源乡离县城不远，只需30分钟车程。这是一个古朴简约的村庄。乡间农家，竹篱茅屋，临水成村。村里两千多张姓村民，几乎都居住在明末清初时期建造的古民居内。漫步在杨源古街，穿行在小巷的灰墙之间，抚摸那一栋栋保存完好的民宅古居，感受到浸透着历史包浆的厚重与岁月的悠久。

据政和县文联主席罗小成介绍，杨源拥有120余栋完整的古民居，整体布局保存完整，民居建筑比例协调，构造细节考究，非常具有地方特色。

杨源的古民居基本为闽北民居三合院式布局，呈一进三开间或两进三开间，部分古民居呈三进三开间，或两进三栋、或两进四栋。古民居建造从前到后依次为：大门、门厅、天井及两侧厢房、厅堂及两侧四间正房、后阁及两侧厨房。厅堂两侧山墙形式属于典型的闽北风格，或是平行阶梯形，或是马鞍形，抑或是二者混合式的硬山马头墙（封火墙），防火而筑。大门口均为青砖或长条形花岗岩砌筑，墙基毛石砌筑，外墙夯土，内部多采用木板及竹片、芦苇秆编制成片，外抹草泥，作为内分隔墙。室内地面主要为三合土、水泥铺地，个别古民居为毛石铺地。天井四周阶沿均以长条形花岗岩铺砌，使得古民居独具地方特色。

杨源的古民居与其他地方相比，显得更为简洁坚固，经久耐用，之所以有"墙倒屋不塌"之美誉。比较典型的如杨源村河滨路4号、5号等民宅都为2层结构形穿斗式，屋顶一色黑色板瓦。这些位于鲤鱼溪边上的民居群坐东朝西，大门、厅堂都在一条集中轴线上。呈一进三开间结构,前为门厅，两侧解房，中有厅堂，并设有阳台。大门青砖砌就，门准上方有砖雕饰样。外墙，内墙采用木板及竹片、芦苇和缩线成片，作为内分隔墙，水梁架、锋接处有镂空雕花样。

在溪头弄的12号、15号、18号等一批民宅则为三合院式布局，前有门厅，厢房，中有天井,明间为厅堂,两侧为四间工房；结构上以穿斗式为主的构架,面铺黑色板瓦；门楣及门目以长条形花岗岩砌筑。杨源古民居十分注重选址与居住环境的营造，房屋多建造在靠近水源的地方，同时能够因地制宜，利用当地特有的材料进行建造。

三

杨源古村之传奇，最值得考究的便是英节庙。据证，此庙始建于北宋宗宁年间。沿着石板铺就的街巷，踏进位于村尾的英节庙。但见青石基脚、天井厅廊、水磨青砖门面、门楼砖刻细密精

杨源村（郭隐龙 摄）

美。在梁斗拱、雀脊、门楣、窗棂、护净上刻满了鸟兽花草，人物造型渗着浓郁的时代印记。

　一个地方的历史建筑与固态风物虽然重要，但它的文化底蕴更为珍贵。风物最终还是会衰败远去，一切都会灰飞烟灭。不灭的只有历史文化，它才是真正的灵魂所在。只有文化才有魅力，才能经久不衰。英节庙既是庙宇，亦是四平戏剧场。在进门正厅搭建的古戏台台柱上有"三五人可做千军万马，六七步如行四九州""聊把今人做古人，常将旧事重新演"的楹联，颇耐人寻味，浮想联翩。如果说古民居是杨源的基础骨骼、流淌在杨源人血液里的四平戏便是精神支柱。

　四平戏亦称之为四平腔、庶民戏，450年前由江西传入后，再与当地唱腔融合而成。其主要特点是无曲谱，沿土俗；古朴粗放，句末众人帮腔；后台无官弦，只有锣、鼓、钹、板四种打击乐器。但其古朴精湛的表演、激越高亢的唱腔，诙谐风趣别具一格，特别是前后台和唱，堪称戏坛一绝。

　杨源村的传奇故事与四平戏有关。当年黄巢十万大军攻打福州，途中路过关隶（今政和），朝廷派福建招讨使张谨大部队云集在铁山的周边地带，布下了天罗地网。张谨向朝廷立下了生死状，要把黄巢这支农民军消灭在闽北大山之中。

　张谨字仲谨，人称张八公，长得虎背熊腰、猿臂长腿，相貌威仪，一表人才。他武进士出身，精通军事、武功高强，被朝廷授总兵之职。但遗憾的是天不助唐，双方激战九天九夜后，张谨终是不敌黄巢大军，兵败身亡后葬于铁山脚下，事后朝廷赐封他为"英杰侯"。第二年，张谨的长子张世豪领着妻子千里迢迢从河南赶来铁山扫墓，路过杨源村时，见这里千峰凝翠，万峦吐霞；百花含蕾，千枝泛绿，大有一种纯洁、清新的空灵弥漫于四周。

张世豪浑身一激灵，随手拔下一棵小杉树，倒插在泥地里，又命人抓来两条鲤鱼，置放在路边的小溪中，心中祈愿道：父亲大人在天有灵，儿愿为你常守墓茔，日夜伴随左右。如果来年倒插的小杉树能成活，鲤鱼能成群，此地便是张家的风水宝地。

第二年清明节，张世豪复来杨源村扫墓，惊喜地看到去年倒插下去的小杉树不但成活，而且绿色葱翠，生机盎然。再看溪中的鲤鱼已成群，嬉戏于清水之中。张世豪见之大喜，当即决计举家南迁，在杨源村定居繁衍。从此以后，倒栽杉与鲤鱼成了杨源村的崇拜物，人们对此敬畏有加。溪中鲤鱼若亡，打捞起举行祈祷仪式，安葬在清溪尾的鲤鱼陵。

张世豪率家人迁居杨源后，枝叶繁盛，逐成杨源村大姓。后来因了祭奠英雄，因了乡愁，张家后人学戏传情，保留下来一个神奇的剧种——四平戏。只是在清朝中期，由于其他剧种的兴起，导致四平戏逐渐衰落，几乎濒临绝迹。但杨源村人始终没有忘记四平戏。

中国戏曲界一直认为四平戏已消失，直到20世纪80年代，戏曲工作者在杨源村发现四平戏不仅存在，而且十分完整地保留着众多曲目。对此，专家们欣喜若狂，惊呼这是"中国戏剧活化石"的发现!2006年，"四平戏"被列入国家非物质文化遗产名录。

英节庙（余明传 摄）

四

　　桃花依然红，柳丝照旧绿；青草又发芽，水流还向东。相对于过往的风雨雷电、传奇故事，现今的杨源村显得十分安逸，大有一种风云过后不惹尘的淡定与从容。曾经沧海难为水，除却巫山不是云。杨源村人守住了记忆里最美风景，成为他们的一种境界；守住古厝中的多彩历史，成为杨源人的一种睿智。

怀古思绎

书 院 先 河

□ 张晓平

一

听闻政和这个县名，当地人常以"政通人和"解之。其实能做到"政和"的，往往更多依靠"人通"，即人才的重用。印象中概括政和书院的文辞，有"云根星溪，雏诵书声，文风蔚起，邑人百代"云云，可以看出书院培育俊才的"人通"气象。

宋徽宗嗜茶懂茶，曾撰写专著《大观茶论》。茶学家林馥泉关于武夷茶的名言"臻山川精英秀气所钟，品具岩骨花香之胜"，就脱胎自《大观茶论》中"擅瓯闽之秀气，钟山川之灵禀"之句。皇帝喜爱政和茶，可见政和茶了得！宋政和五年（1115），宋徽宗品饮产自关隶县的贡茶白毫银针后，为之叫绝，本当爱屋及乌，但却不满关隶县名"关隶乃关押奴役之地，不配白茶之高雅"，于是赐自己的年号为政和县名。

他就是朱松，朱熹的父亲。朱松在政和创建了两座书院——

云根书院和星溪书院。"贤哲传薪，八百岁月添雅韵；志士继统，万千俊彦竞风流""躬耕书院盛，哺育贤达多。重教兴学业，三朱树楷模"。这些镌刻在云根书院立柱上的楹联、诗词，传诵着朱松创办书院的意义和继往开来的儒学精神。宋徽宗赐名政和是一种祝福，而朱松致力于让政和名副其实，致力于为美好之名注入更多实质性的内容。

二

云根书院古色古香，占地面积80000平方米，建筑面积2570平方来。得益于重建者的精心谋划和布局，天光云影楼、先贤祠、朱子阁、朱氏入闽展馆、朱子孝道馆等雄姿挺立、格调高雅，装点着红墙彩廊、雕梁画栋。门楼正面四个大字"云根书院"醒人眼目，背面四个大字"继往开来"寓意深长。缓步踏上台阶，我被门楼立柱一幅书法楹联吸引："任中两院开教育先河山城留典范；身后三祠念韦斋政绩百姓树丰碑"。

楹联说的正是朱松（号韦斋）。宋政和八年（1118）三月，朱松进士及第，被授迪功郎，任政知县尉，带领一家老小从徽州婺源迁入政和。父亲朱森将祖田百亩质押给老家乡绅，随朱松入闽，选择居住在政和护国寺边上青山绿水的凤林村。作为一县管理治安和抓捕盗贼的官员，县尉类似于今天公安局局长职务（宋代县尉还兼地方武装长官）。朱松任职政和三年，"兴利除弊，制治有方"，楹联中"政绩树丰碑"即这个意思。

然而，朱松兴建书院之举，以今天人们的眼光来看，似乎颇

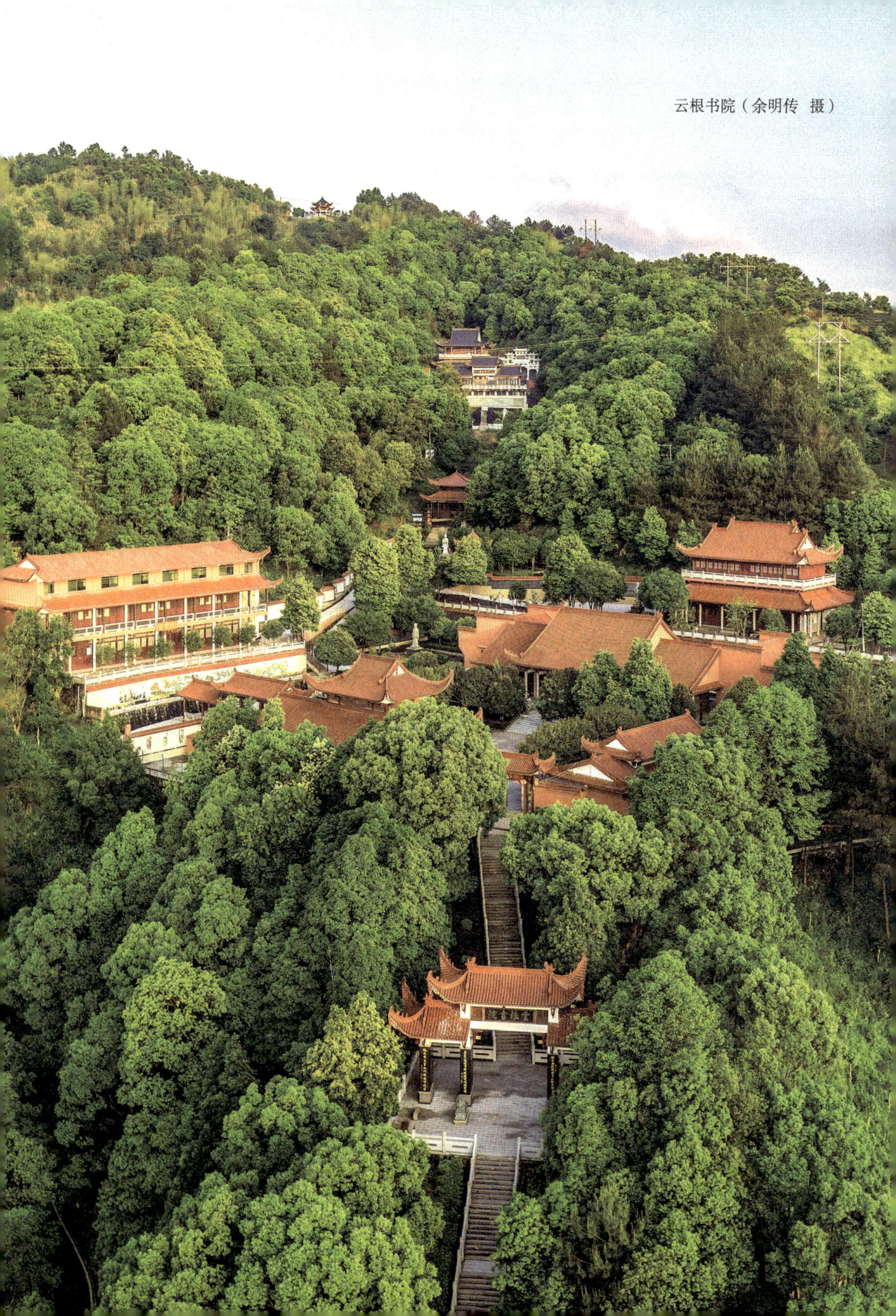

云根书院（余明传　摄）

有令人费解之处：一则一个县的教育自有主簿管辖，怎么轮得到他这个县尉来鸠占鹊巢？二则他夏季才来到政和，何以秋天即行动，风风火火筹办起教育？

仰望先贤祠悬挂的"大儒世泽"牌匾，凝视朱森、朱松、朱熹祖孙三代人铜像，遥想理学文脉一代代的薪火传续，我若有所悟，似乎明白历史文献为什么忽略朱松县尉主业，而更多地记载他与书院之事，因为理学世家、儒士风范的渊源和影响无处不在。

朱松撰写的《先君行状》在墙上展开。我找到朱松回忆父亲的文字："举训戒饬诸子，谆谆以忠孝和友为本"。朱森踏入政和地界时告诫儿子："政邑地域僻隘，教学荒疏，尔等要涵濡教泽，以开化邑人子弟，使之成为名贤诞酝之乡。"

朱松自当闻风而动，伺机而为。在呈县令陈正敏动议、与主簿卢点商讨后，他开展筹办工作。书院踞熊山建起，他邀请良师授课，自己和父亲也参与讲学督学。一时山城气象一新，邑人子弟云集，读书声响起，文风蔚然。

此后的事情，朱氏入闽展馆里都有记载。明、清两代书院之风日盛，至光绪末，政和境内共有书院、义学、学舍等29所，其中以书院冠名的有16所。从宋宣和元年（1119）至咸淳七年（1271）的百余年间，政和出了9名进士、23名举人和65名贡生。

驱车前往星溪书院，这是朱松在政和创办的第二所书院。朱松建好云根书院，两年后又开始筹建星溪书院。

走进七星溪畔的石圳湾景区内，重建的星溪书院气势恢宏，牌楼、山门、韦斋祠、明伦堂、仰山楼等建筑形成对称，据说是顺合不偏不倚的中庸之道，而主体建筑依山势而建，逐递升级，据说寓意中正平和，步步登高。

穿过星溪书院牌楼、门楼进入韦斋祠，当地文化学者如数家珍，介绍朱松《题星溪书院》《送程复亨序》《谕民戒弱女文》等诗文，讲述朱松在政和安葬百年后的父母，朱氏三代人与政和

星溪书院（余明传　摄）

千丝万缕的关系。墙上有一首朱松诗歌，题目就叫《将还政和》：归去来兮岁欲穷，此身天地一宾鸿。明朝等是天涯客，家在大江东复东。

我陷入沉思，深为先贤的情意感动。政和是朱松的首仕之地，是朱氏家族入闽第一站。不论他如何苦心孤诣，不论他如何志存高远，不论他身在天涯，不论他一去难返，政和永远都是他的家乡。

三

宋绍兴四年（1134），朱松母亲程夫人逝世，次年他回政和为母丁忧，此时身边多了个6岁的小朱熹。

朱熹早慧聪颖，日后成长为孔子之后最有影响的大儒，以至于朱松扬名，有人说完全是沾了朱熹的光。此言差矣！因为父子荣耀一体岂能剥离。而且话说回来，即便抛开其他不谈，仅凭一个父亲为儿子所做之事，朱松就足以青史留名。这位父亲的安排，影响了儿子伟大的一生。

之后在政和近三年时间，朱松亲自当老师，朱熹诵读诗书于云根和星溪两所书院之间。怀先贤、阅典籍、学经文、交良友……耳濡目染，启蒙受教，朱熹小小年纪烙下书院不可磨灭的印记。此后60多年，他创建或修复了寒泉精舍、武夷精舍、沧州书院、白鹿洞书院等10多所书院，先后讲学或关联的书院达67所，关联的学生岂止成千上万。政和这两所书院，可以说开启了朱熹书院情结的先河。

绍兴十三年（1143），朱松病重，弥留之际将年仅14岁的朱熹托付武夷山五夫里好友刘子羽，并去信请胡宪、刘勉之、刘子翚教育朱熹。朱松不忘告诫朱熹："此三先生学有渊源，你往父事之。"谁想一语成谶，五夫刘子羽、刘勉之、刘子翚日后成为"朱熹三父"——义父、岳父和师父。有这一众良师或长辈呵护，少年朱熹就有了致学、行稳的成长环境。朱松托孤堪比"孟母三迁"佳话，皆是培养、教育后代的大智慧杰作，成就了中国古代两位圣人——孟子和朱熹。

朱松去世后，他的精神没有消亡，在朱熹身上一脉相传。父亲最主要的特征皆被儿子发扬光大：第一，儒家情怀。朱松"得中原文献之传，闻河洛之学，推明圣贤遗意，日诵《大学》《中庸》，以用力于致知诚意也"（黄榦语）。朱熹从小接受儒学，但一度沉迷佛释，19岁赴临安会考带着一本《大慧语录》，借禅释题考中进士。因为父亲朱松与罗从彦、李侗的渊源关系，朱熹拜访延平李侗，受到李侗批评和指点，"逃禅归儒"，重回正确道路。这是重要的一步，从此朱熹能取佛老之长为儒所用，终于"集理学之大成"，成为新儒学一代宗师。第二，主战血脉。亲历北宋灭亡之痛，朱松是坚定的抗金主战派，漠视秦桧党羽，上书朝廷反对议和。有其父必有其子，朱熹虽为一介文人，却是彻底的主战派，面奏孝宗皇帝抗金大义：君父之仇不与共戴天，今日之所当为者，非战无以复仇，非守无以制胜。第三，诗歌精神。父子同为杰出诗人，也算文坛佳话。朱松诗"不事雕饰，超然有出尘之趣。远近传诵，至闻京师。"他一生写了几百首诗，其中写政和的就有60多首。朱熹从小就能写诗，诗名传回祖籍地婺源，前辈董颖感慨："共叹韦齐老，有子笔扛鼎"。诗人朱熹与思想家朱熹互补，但朱熹诗词非朱熹儒学的翻版。他诗作丰富，有1400多首诗和20首词。

朱氏父子的理学春水，就这样流出政和云根和星溪书院的先河，滔滔不竭，古今长流。

名士风流

□ 施晓宇

一

闽北政和县最偏僻的澄源乡——距离县城65千米。

澄源乡最偏僻的赤溪村——距离乡政府17千米。

有着"千年古村，墨香赤溪"美誉的赤溪村，位于澄源乡的最北部，紧邻浙江省庆元县龙溪村，历史上是通往浙江的要道之一。凭借赤溪村头一座古色古香的木拱廊桥，跨过去不远就是浙江地界。此桥建于清乾隆五十五年（1790），清嘉庆二十三年（1818）重修，为廊屋式贯木拱桥，南北走向，全长33.5米，庄重气派。

2012年，赤溪村木拱廊桥被国家文物局列入《中国世界文化遗产预备名单》，是福建省省级文物保护单位。

2016年，赤溪村入选住建部等7部局联合公布的第四批中国传统村落名录，是当年福建省229个中国传统村落之一。

赤溪村一角（余明传　摄）

在群山环抱的赤溪村，我在赞叹风姿绰约的木拱廊桥之余，发现还有一座远近闻名的颜氏宗祠，供奉的祖宗居然是中国的书法大家颜真卿和他的八世孙——赤溪村开基鼻祖颜虬松！

1974年出生的赤溪村村委会主任颜李洪亲口告诉我，他是颜真卿的第35世孙。

1981年出生的赤溪村村委会副主任颜振西也亲口告诉我，他是颜真卿的第37世孙。颜振西还强调，赤溪村分上、下两个村，共有180多户人家，1500多人，由于年轻人都外出打工去了，现有900多人，几乎全部是颜真卿的后裔。这真是太神奇了——在闽北政和县的远郊僻野，竟然有这么多名人之后！要知道，颜姓在中国是小姓，按人口排列，排在全国姓氏第117位，人口仅有200万。这似乎应验了中国民间藏龙卧虎的一句老话：

百步之内，必有芳草。四季之景，皆有诗意。

怀着无比崇敬的心情，68岁的我在43岁的颜振西陪同下，走上一级一级台阶，进入颜氏宗祠。真是不看不知道，一看吓一跳。开初，我以为颜真卿就是一个赫赫有名的书法大家：初学褚遂良，后师从张旭，得其笔法。其正楷端庄雄伟，行书气势遒劲，创"颜体"楷书，对后世影响很大。与赵孟頫、柳公权、欧阳询并称为"楷书四大家"。又与柳公权并称"颜柳"，被称为"颜筋柳骨"。

颜真卿诗文俱佳，著作有《韵海镜源》《礼乐集》《吴兴集》《庐陵集》《临川集》，可惜年代久远，皆已佚失。好在有宋人辑录的《颜鲁公集》传世——颜真卿在世时被封鲁郡公，后人称"颜鲁公"。所以在赤溪村颜真卿后裔珍藏的最古老、最完整的颜氏族谱，就叫《鲁国序谱》，为颜真卿裔孙、浙江宁海县知县颜时举于北宋元祐三年（1088）八月创修，清康熙七年（1668）重修。颜时举在序言中写道：

　　鲁郡公者，其先曲阜名族也。自少昊徙都以来，而颜姓为最夺。

　　我的了解仅此而已。在颜氏宗祠，我才发现颜真卿的身世非同一般。

二

　　颜真卿是京兆万年(今西安市万年县)人，祖籍乃今天的山东省临沂市。颜真卿是初唐著名历史学家颜师古的五世孙，而颜师古则是北齐著名文学家颜之推的孙子。颜之推所著20篇《颜氏家训》是北朝后期重要作品，其本意在于留传教训给颜氏儿孙，算作为人处世的戒律，所以谓之"家训"。颜之推的《颜氏家训》写作时间较长，结集在颜之推的晚年。后经清朝饱学之士赵曦明整理注释，卢文弨补注，流传至今，仍有教益。在赤溪村颜氏宗祠，我就看见颜之推的《颜氏家训》被颜氏后裔择要制成四块牌匾，高挂墙上。第一块牌匾抄录有：

序致篇

　　夫圣贤之书，教人诚孝，慎言检迹，立身扬名，亦已备矣。魏、晋以来，所着诸子，理重事复，递相摹效，犹屋下架屋，床上施床耳……

教子篇

上智不教而成，下愚虽教无益，中庸之人，不教不知也。古者，圣王有胎教之法：怀子三月，出居别宫，目不斜视，耳不妄听，音声滋味，以礼节之……

接着有《兄弟篇》《后娶篇》《治家篇》《风操篇》（节选）。第二块、第三块、第四块牌匾亦按顺序节选抄录《颜氏家训》的内容，教化后人。

从《鲁国序谱》序言"其先曲阜名族也"一句，可以看出家住山东曲阜陋巷街（今颜庙所在地）的颜回是颜氏的始祖。而颜之推是颜回的第35世孙，颜真卿是颜回的第40世孙。说到颜回，字子渊，谁都知道他是孔子最喜欢的学生，孔子有弟子三千，七十二贤人，颜回位居贤人之首。孔子多次称赞颜回贤仁好学。只可惜颜回中年早夭，才40岁就病死了。孔子痛惜哀叹："天丧予！天丧予！"

三

站在赤溪村颜氏宗祠颜真卿、颜虬松的神位前，颜振西告诉我，每年农历六月中旬，赤溪村村民都要举办盛大的"迎仙节"。以此祭奠祖先颜真卿和赤溪村的开基鼻祖颜虬松，同时向前来祭祖的颜氏后裔展示颜真卿的玉带和平日里深藏不露的《鲁国序谱》，自然包含了不忘祖先、代代相传的传承意义。

唐景龙三年（709），唐中宗李显在位时，颜真卿生于京兆府万年县敦化坊（今西安市万年县）。自颜真卿的五世祖颜之推起，颜氏家族就从山东临沂徙居今天西安市。

颜真卿三岁丧父颜惟贞，由母亲殷夫人亲自教养。所以颜真卿长大后对母亲非常孝顺，而且发奋读书，长于著文。

唐开元九年（721）七月，12岁的颜真卿随母亲殷夫人南下，寄居苏州外祖父家。

唐开元二十一年（733），24岁的颜真卿就读于长安的福山寺，同年十月到尚书省吏部应试。

唐开元二十二年（734），25岁的颜真卿考中进士，可谓春风得意，在唐玄宗李隆基手下历任监察御史、殿中侍御史。后因得罪权臣杨国忠，被贬为平原（今山东省陵县）太守，世称"颜平原"。"安史之乱"骤起，颜真卿率义军勇敢抵抗叛军，后至凤翔（今陕西省凤翔县），被授予宪部（即刑部）尚书。

唐代宗李豫在位时，颜真卿官至吏部尚书、太子太师，封鲁郡公，人称"颜鲁公"。这是颜真卿一生的高光时刻。

唐兴元元年（784），唐德宗李适在位时，颜真卿被派遣招降叛将李希烈。颜真卿大义凛然，拒绝叛将李希烈的收买，终被缢杀，三军将士为之痛哭。朝廷追赠司徒，谥号"文忠"。因此颜时举在《鲁国序谱》序言中写道：公讳真卿，字清臣，官御史，出守平原，安禄山反，河溯尽陷，而公独城守，预备不为动，封鲁郡公，李希烈告变，遣公往谕，希烈使人说降，百般凌逼，骂贼而死，且书法为古今第一，名垂竹帛，公盖天壤，千百世下孰不慕公之节义焉。

如果不是《鲁国序谱》记载，一介文弱书生，即便是书法大家的颜真卿，没有人会知道他还是一个忠贞不屈的节烈义士！

四

现在要来说说赤溪村的开基鼻祖颜虬松，他是颜真卿的八世孙。

五代十国的后汉乾祐二年（949），后汉隐帝刘承佑在位时，颜虬松以明经而仕，官拜通事（外交事务七品官）。由于五

古谱谍、玉带（余明传 摄）

代时期社会动荡，杀伐酷烈，朝代更替频繁，而颜虬松崇尚道学，故而厌弃仕途，由首都开封弃官一路游山玩水入闽北，在道教名山望浙山（今闽北政和县石屯镇西津村）遇见同道吴十七。吴十七与颜虬松的经历与兴趣相仿，吴十七曾任后周谏议大夫，因得异传幻术，也弃官入闽，后定居于遂应场（今闽北政和县岭腰乡锦屏村，为锦屏村开拓者）。两人情投意合，吴十七把幻术毫无保留地传给颜虬松。而得道后的颜虬松途经赤溪时，爱上此地，便定居下来，繁衍后代，成为开拓闽北政和的先哲之一。颜虬松不仅在赤溪一带开辟田园，发展农耕，而且擅长医术，治病救人，去世后颜氏族人立庙祭祀，奉若神明。其后裔远播闽东宁德、省会福州以及东南亚。因此颜时举在《鲁国序谱》序言中写道：公讳虬松，字又青……由明经而仕，虽在任所而心常驰于青山绿水间，即挂冠而归途遇土主吴十七公，官谏议大夫，亦不欲仕，幸与志同而所期亦同……（颜虬松）过赤溪，见其峰峦挺秀，溪水潆洄，树林蓊蔚，鸟声上下，不觉四顾而喜色曰：唯此可以家焉。

由此，颜虬松成为赤溪村开拓者，是真名士自风流。

茶盐古道探访

□ 徐德金

原来并没有路，走的人多了，于是就有了路。

当然，原来的路，也会随着岁月的磨洗，日渐萧疏，终于荒废。

开往政和的绿皮车

政和位于闽浙交界，与浙江庆元县接壤，是福建的"省尾"。政和置县于公元1000年，原名关隶，宋政和五年（1115）改县名政和。历史上，政和县域面积几经调整，最大规模的一次是在明朝景泰年间，析出大片土地置寿宁县。在20世纪六七十年代，政和与松溪曾两度合并，最终于1975年重置。

几次政和之行后，尤其是此次政和采风，我始对这个"省尾"县有了初步了解。

福建有三大山脉，一是横亘于闽赣之间的武夷山脉，二是横

锦屏村茶盐古道（余明传　摄）

贯福建中部的戴云山脉，再一个就是起始于政和的鹫峰山脉——它北接浙江洞宫山脉之余脉，由西北往东南，一路山水一路歌。崇山峻岭，满目苍翠，这是自然界对政和的馈赠。

采风设定的线路是"锦赛茶盐古道"政和段，锦、赛分别是政和县岭腰乡锦屏村与福安市赛岐镇的简称；不过，另有当地了解古道的人士则认为，这条古道应该是"锦穆茶盐古道"。穆，即福安穆阳。穆阳乃闽东商贸重镇，历史上，由赛岐溯流到穆阳的海货，均靠人力挑运到周宁、政和、松溪等县。因此，若论茶盐古道，"锦穆"应比"锦赛"更为合理。当然，无论是锦赛还是锦穆，这条茶盐古道总是通江达海的。

我要实地走访的锦穆茶盐古道政和段，总长13千米，其实它分为两段，前段从岭腰乡锦屏村经上行，越过东关寨（松毛隘）；然后下行，经外屯乡黄坑村的北科自然村，再下行至花桥子，长约10千米。后段从黄坑村外店自然村出发上青丝岭至澄源乡的黄岭村境内的黄坑岭头，长约3千米，这段也是古代官道寿（宁）政（和）古道中的一段。有关寿政古道，《寿宁待志》有一节记载，下文略叙。

那天我走的锦穆茶盐古道是前段。

岭腰有矿

我十分好奇，为什么在政和会有这么一条茶盐古道，当我了解岭腰有银矿后，这个问题就解决了一半。

岭腰的银矿最早开采是在宋代，那时这个地方不叫岭腰，叫遂应场，也不属于政和，它在松溪境内。据史料记载，锦屏古银矿始采于宋绍兴三十二年（1162），封闭于明正德十六年（1521），前后持续359年之久。后人根据现存银矿作统计，认为繁盛时遂应场这个地方有"三千买卖客，八万采银工"，我认为情况远未至此。那时候，就算把松溪、政和的户籍人口相加，能有两三万人就不错了吧。

即便如此，通往遂应场银矿的人不绝于途，走的人多了，于是便有了路。锦穆茶盐古道的肇始出处似乎就在这里。

从县城驱车四十多千米来到岭腰乡锦屏村，鹫峰山脉北段从锦屏穿境而过，形成高山峡谷，现在的锦屏绿树环抱，飞瀑溅珠、廊桥遗梦、古树参天，被誉为"翡翠锦屏"。

现存170多个古银矿采冶矿井遗址隐匿在群山之间。我拾级而上，探访了其中一个矿洞，仿佛进入一段幽深的历史。现在，我完全无法还原那个场景：他们匍匐着，手持长镐，忽明忽暗的油灯映衬出他们疲倦但顽强的坚韧的面庞。我在想，那些沿着茶盐古道走向大山深处的挑夫们又比矿工幸运多少呢？

走古道

锦穆茶盐古道入口，有一石碑，镌刻"东关寨修复记"一文，曰：东关寨建于元朝皇庆年间。清康熙庚辰版《松溪县志》记载："东关巡检司在东关里，旧在本里遂应场，名东关寨。元皇庆间建，明洪武二年，改为巡检司。"

这篇东关寨修复记还简要介绍了锦屏当年之繁盛，"锦屏的茶叶从古道挑到穆阳，再水运至福州出口；海盐从穆阳经古道挑至山区各地。古道是运输的大动脉。"——这大约是清末以后的事了。根据《茶叶通史》记载，"咸丰年间，福建政和有一百多家制茶厂，雇佣工人多至千计；同治年间，有数十家私营制茶厂，出茶多至万余担"。锦屏村制作红茶的历史可以追溯到同治十三年（1874）一位江西茶商赵老板来此，以当地小叶种茶为原料，试制红茶，称之为"遂应场仙岩功夫"大获成功。据史料记载，清宣统二年（1910），锦屏村就有20家茶行。

茶盐古道由石块石头铺就，从山脚一直往高处延伸。我们仍拾级而上，起始也颇为轻松。实际上，茶盐古道上行与下行的用时会有很大不同。当年，上行的挑夫从穆阳挑盐上山，要走四天时间；而从山上锦屏挑茶叶笋干下山时间会缩短一半，只需两天。锦屏穆阳之间，是在鹫峰山脉的万山圈子里，"一山放过一山拦"，可以想象挑夫艰难跋涉的过程。

上山的茶盐古道道宽三尺余，蜿蜒曲折。古道两侧是新植的树木，多是松树与木荷。树木浓密处，古道被金黄的落叶所覆盖，脚踩上去，发出沙沙的响声。树叶之下的石板上，发现几处锥形的小洞，据说，那是挑夫歇脚时由杖杆经年累月"击打""磨砺"出来的。回望茫茫路，我仿佛听到吭哧吭哧的发力声，那些摔到石板上的汗水曾经发出辛酸的低吟。

我们大约花了20分钟就到了东关寨。这里海拔1000米，是岭腰乡锦屏村与外屯乡黄坑村的交界处。这一段从山脚直抵东关寨的茶盐古道以及东关寨本身，是2020年政和县新的社会阶层人士捐款修建的，当然，东关寨已不复历史的旧貌。我们再怎么努力

外屯乡黄坑村古道（王丽玉　摄）

都难以重现历史的旧貌，也没有必要。

人间正道是沧桑

别过东关寨，便是下行。"空山不见人，但闻人语响，返景入深林，复照青苔上。"

从山顶到山腰的阶段，一样的是树叶铺满古道，层层叠叠，踩上去是柔软的。

再没有见到其他人走进这个绿树环抱的山体。群山肃穆。我听到自己的喘息声。

下山的路较为平顺，但没想到我们大约花了两个小时。由于膝关节磨损严重，我和冬青兄都放慢了步伐，有几次，我的右膝关节像是被锁住了。一个小时后，我们抵达外屯乡黄坑村北科自然村。

黄坑村的五十六个自然村散落在群山峻岭之间，北科自然村是我们此次茶盐古道行走唯一路过的小村落。午后骄阳似火，北科村寂静无声，就连一声狗吠也听不到啊！在巨大的山峰下，一片茂密的松竹林环卫着这看上去已经衰败的古村落。也许不要经过很久，北科自然村也会像大多数村落一样，自然荒废掉，有如锦穆茶盐古道一样。

从北科自然村到山下的福龙花桥，我们又走了一个多小时，沿途山坡上有大片大片的锥栗树林，树上开满橘黄色的花蕾。这一段山道，平时应该走的人多，因此维护得比较好。

想起当年寿宁县令冯梦龙走过的寿政古官道。他在《寿宁待志》"铺递"一节中这样写道:"政和九铺乃往(建宁)府必繇之路,此铺他县别无一事,专为寿宁传递文书而设……余每赴府,预先行牌传谕,令诛茅劈径,全然不理。一遭天雨,寸步登天,亦付之无可奈何矣!"铺递文书,延误超时;诛茅劈径,全然不理,冯梦龙无计可施,遂花钱支付政和九铺中八铺铺工的工食银,这样问题始得以解决。

跟锦穆茶盐古道一样,寿政古官道也早已衰落,难以寻踪。冯梦龙60岁出仕,当年从寿宁往建宁府"述职",已是个垂垂老者,想想在官道上奔波跋涉的冯县令,不禁为之三叹。

既因世事而起,又因世事而衰。政和以及闽北的许多古道大多消失在岁月漂洗得发白处,无从补缀。曾经到过杨源乡坂头村,那里的花桥与其他古建,更能述说坂头村曾经的商贸古埠的辉煌。那也是一条通往宁德、建瓯的"茶盐古道"。

时代在变迁。政和早已发生了翻天覆地的变化;现在,通往大山深处的是一条条康庄大道。

一个人·一座庙·一台戏

□ 李晟旻

溪流将村庄一分为二的溪流，溪流叫鲤鱼溪。唐乾符年间，一个名叫张世豪的河南人经过此地，顺手往溪中扔下几尾鲤鱼，第二年，鲤鱼依然在溪里游荡，张世豪认定此地为风水宝地，便定居于此。从此，张氏族人在此繁衍生息，直至一千多年后的今天，张氏后人仍然占据杨源村居民的绝大部分。

那时的张世豪可能不会想到，自己所带来的可不只是几尾鲤鱼和他的氏族，还有那出戏，虽然等到戏剧出现时已经是数百年后，但若不是他为祭奠父亲途经于此，若不是他的父亲为平定那场起义而战死沙场，那出戏不会在杨源延续至今四百多年。

戏叫四平戏，又叫四平腔，起源可以追溯到宋元南戏。这个形成于浙江温州的剧种一经出现，便以其浓郁的乡土气息快速席卷至周边各地，和当地的语言、音乐唱调相结合，最终形成了以海盐、余姚、弋阳为代表的三大声腔体系，这三种声腔继续在民间流传、融合、改造，因地制宜又演变出各种不同声腔，四平腔便是其中之一。

一个人与一出戏，相距数百年，政权交替，朝代更迭，戏与人之间的牵连也随着历史的脉络丝丝毕现，当我们顺着遗留至今的这出戏往回追溯时会发现，戏不仅仅是戏，它关乎一个氏族、一个村庄、一场战事，甚至一个朝代。

公元878年，黄巢起兵反唐，福建招讨使张谨奉命率郭荣等部将征讨，在闽浙交界的仙霞岭，双方展开九天九夜的激战，张谨和郭荣战死。北宋崇宁年间，张谨被追封为"英节侯"，并建英节庙祭祀之，长子张世豪"赴庙墓，遂不忍去"，卜居于政和杨源。

有了祭祀的庙宇，但祭祀所唱的戏却在数百年之后才出现。由于杨源地处偏僻，每逢祭祀活动经常请不到戏班，族人索性请师傅来族中教戏，四平戏就这样被带到杨源，与张氏族人一同扎根。每年的农历八月初六和二月初九，张谨和郭荣的生辰，四平戏都会在英节庙响彻三天三夜，以敬神明，以娱祖先。

这应该算是杨源四平戏与其他戏剧不同之一吧，不为民间娱乐，而为纪念先祖。也许随着四平戏的发展及其在民众中的广受欢迎，除了庙会之外，每逢年节、婚娶、乔迁等事宜人们也要演一台戏庆贺，但酬神的初衷却将四平戏与祭祀活动紧密联系在一起。在后世的我们看来，很难说清到底是战死沙场的将士成就了四平戏，还是四平戏让千百年前的先祖依然为人们所敬仰，但可以肯定的是，少了其中之一，剩下的一个都不可能保有今天的荣誉和盛况。

四平戏传入杨源的具体时期，如今恐怕已无人知晓，但经历的几次兴盛与衰败，倒是明明白白地写进其在政和四百多年的发展史。康熙雍正年间，是杨源四平戏的兴旺时期，除了每年庙会，戏班还被邀请到邻县演出。雍正末年，演出逐渐沉寂，酷爱四平戏的老艺人张子英变卖家产，重新购置戏装道具组建戏班，四平戏才得以延续。光绪年间，戏班在寿宁演出时，香火不慎引发火灾，行头和道具也付之一炬，眼看着四平戏又要没落的时候，杨源武庠生张香国再次组建大规模的四平戏班，四平戏再一次兴旺起来。民国时期，社会再一次经历动荡，四平戏也无可幸免地衰落。新中国成立初期，杨源保留了全县仅存的四平戏业余戏团之一，虽规模不大，但总算是从动乱的局面里将戏剧延续了下来，而后来，四平戏终究没有逃过一场文化浩劫，剧本几乎散失殆尽。

当四平戏在杨源艰难生存，波动曲折地书写着它的历史的时候，历史却也在遍寻它的踪迹而不得。清中叶以后，戏剧研究者们普遍认为四平戏已经灭绝，甚至1984年出版的《中国音乐词典》也对四平戏下了结论，"该剧种已衰亡"，但其实在1978年，沉寂多年的四平戏开始渐露苗头，这多亏了一家人——现任杨源四平戏剧团团长、国家级非物质文化遗产项目传承人张孝友及他的父亲和爷爷。

20世纪五六十年代，爷爷就是四平戏剧团的核心骨干。当四平戏作为封建遗产被勒令停演，剧本也难逃厄运，除了几本被藏匿起来之外，其余全被烧毁。终于挨到了1978年，改革的春风吹拂大地，也将重振四平戏的希望吹向杨源。父亲按捺不住激动的心情，召集几位老艺人，靠着回忆，一字一句将剧本复原于纸上。憋闷了十多年，流淌在老艺人骨子里的戏魂化为不舍昼夜的传唱和记录，化为流传后世的一折折一本本，化为那声戏腔，抑扬顿挫的、古朴粗犷的，时隔多年再一次被唱响。

古老的腔调经受住岁月的风雨，终究还是在闽北的大山深处继续回响。当杨源村人在田间地头、房前屋后，就着碗筷秧盆、瓦罐茶筒，一人启口众人接腔的时候，他们不会想到，这一腔余响已穿越大山，响彻大山之外的另一片天地。1982年，地处闽东北崇山峻岭处的这座千年古村被推到世人面前，连同在此生根发芽了四百多年的四平戏，神秘的面纱被揭开，中国戏剧的历史也注定要被改写。

说回那条溪流。鲤鱼溪蜿蜒曲折，环绕着古朴的村庄，沿着弯弯绕绕的溪水一路走去。溪尾处一座古廊桥横跨溪水之上，桥的其中一头便是英节庙。进门正厅一座古戏台，完整保留着清代所建模样，每年庙会敬献祖先的四平戏，正是在这里上演。

农历八月初六和二月初九的两次庙会，其热闹隆重程度堪比过年。祖先像从英节庙中被抬出，神铳开道，锣鼓喧天，一行人浩浩荡荡，身着戏服脸画油彩的四平戏演员也跟随其中，一路登上桃花岛。桃花岛不是岛，只是一个空坪，这里有祭拜祖先的祭祖堂。神像在喝彩声中被抬进祭祖堂，端放在祭台上，四平戏演员围着神像，唱戏娱神。祭祖结束后，众人又以同样的仪式和流程将祖先像抬回英节庙，以一场紧张激烈的冲庙仪式结束。下午，四平戏演出在戏台上正式拉开帷幕。

庙会延续了几个百年，四平戏便唱了几个百年，隐藏在大山深处的四平戏不为外人所知，大山外的其他声腔剧种也不曾融

杨源四平戏（余明传　摄）

合进来。山高路远，偏于一隅，让四平戏有了不被打扰的生长土壤，孤独却纯粹地、坚实而长久地，生长出一曲"中国戏曲活化石"，四百多年前的韵味，未曾改变一丝一毫。

"不变"也许总体上是好的，它是珍贵的历史遗产，保留着不可多得的原始面貌，但在某些时刻，"不变"也会造成困扰。古稀之年的张孝友团长时时受到困扰，四平戏后继无人。四平戏剧院墙上那幅由多名演员拼接起来的剧照里，虽然演员们脸上都画着浓厚的油彩，但还是难掩皱纹和老态。张孝友说，剧团现有的二十多名演员里，最年轻的也有四十多岁了，大多数是六七十岁的老人。一直以来，四平戏的演员都是杨源村村民，农忙时干活，农闲时排戏，村里的戏是义务在演，若是有机会到外地演戏，补贴也少之又少，"干一天农活都不只这些钱，他们为什么要为了这一点点补贴来演戏呢？"张孝友直言。一些老艺人随子女去了城市居住，一身的四平戏技艺也随之带走，现存的这些老艺人，大多凭着对四平戏的满腔热爱坚守戏台，他们也许身躯不再挺拔，嗓音不再洪亮，但对四平戏的赤诚和对传统的坚守，如同这出戏本身，因了对祖先的崇敬和山海的阻隔，未曾改变一丝一毫。

再说一说那条溪吧。一千多年前游弋着鲤鱼的那条溪，围绕着这座千年古村，村庄黑瓦土墙，村道弯弯绕绕，绕过古道；山上一棵倒栽杉，一千多年前，张世豪随手扔下鲤鱼，一手倒栽下这棵杉树，生长千年，依然枝繁叶茂，张氏族人也枝繁叶茂。祖先封了"英节侯"，溪尾建了英节庙，庙里的戏台上，四平戏在咿呀传唱。

　　如今，溪还是那条溪，鲤鱼争先抢食，充满生命力；倒栽杉郁郁葱葱，枝叶向下生长像把凉伞，土墙花窗窄巷，村庄还是最质朴的模样。庙会总会如期举行，四平戏也总会在固定的时间和地点唱响，台上那些佝偻着背的老艺人们，腾挪滚打，缓急进退，一招一式一腔一调都极尽情感和热爱，只是人之老矣，他们不知道这四平戏还能唱响几回，不知道身后还有多少人能接着唱响。一人启声而众人合，帮腔拖音悠远绵长，长过了四百多年，长过了几轮兴衰，很难说现在的它算是兴盛还是衰败，但希望它能像鲤鱼溪，像倒栽杉，像这座千年古村，也像战死沙场却庇佑村庄千年的祖先，这曲千年绝响还能响彻千年。

木偶戏（陈亮　摄）

古渡旧事

□ 少木森

　　前些天，松溪的上游下了雨，这段河水便见涨，水色也稍浑。走近古渡口，我一边随手拍照，一边随口诵读诗句：春潮带雨晚来急，野渡无人舟自横。说真的，要在这沧桑古渡上寻觅一份旧情、记住乡愁、诵一诵唐代诗人韦应物这诗句，真可谓是应景而诗意。

　　政和是典型的山区县，位于福建省北部闽浙交界处的武夷山脉中，却也水系发达，河汉交错。且因地形狭长、地势东高西低，形成了"一江春水向西流"的独特风光，又因为自西向东流来的七星溪在西津村汇入这发源于浙江庆元县的闽江支流松溪，转而由北向南流去，形成"一柄双杈"的弹弓形河道。水面开阔，水光潋滟，葱茏的青山倒映着，风光也是绮丽而独特的。自古以来，这里就是渡口，就是码头，就有许多渡船、货船、竹筏、木排、竹排，以及由此衍生的水上与陆上的营生，构成了两岸间独特的风景。追溯遥远的历史，商周时期就有先民在这里繁衍生息。自然，数千年前就有了舟船在这里的江河停泊与航行，数千年前就有了渡口和码头，数千年来逐渐衍成了渡口文化、码头文化。

这古渡口不仅仅是一种风景，更是山乡悠悠岁月的见证。在这一片山水中，每一个渡口都有它的故事，每一个渡口都承载着山乡人的情感，每一个渡口都氤氲着浓浓的旧事乡味。眼前，这个西津古渡静静辉映着阳光，不言不语，却以最质朴的方式，诉说着时光的沧桑。它是闽北历史悠久的古码头古渡口之一，曾是政和的重要门户，是政和通往建宁府、延平府的必经之路。食盐、布匹、百货之类的民用物资从这里转运到全县，而全县的大批粮食、大宗茶叶、笋干、木材等农特产品，则由这里转运出去，行销外面的世界。

那时候，西津渡是闻名遐迩的繁华码头，实在有太多的故事，林林总总，难于尽说。那我们就从茶的故事讲起吧。自古以来，茶叶都是西津渡转运出山的主要物资之一。到了清朝末年，这一带有许多家茶厂的产品销往俄罗斯，有一支俄罗斯船队长期驻舶在村子里，转运茶叶。这么一说，我们便可知道，这个古渡口也与中俄的"万里茶道"有关了。据史料记载，清康熙年间的1679年，中俄两国就已签下协定，俄国从中国长期进口茶叶。而这之前，中俄民间茶叶贸易已然兴盛，逐步形成"万里茶道"，后经中俄官方协定而更加繁荣兴盛，在俄罗斯历史叙述中这茶道被称为"伟大的茶叶之路"。万里茶道有两条最古老的主线，一条从福建武夷山下梅村起，沿西北方向穿江西、至湖北，在汉口集聚后北上，纵贯河南、山西、河北，经乌兰巴托到达恰克图；

西津古码头（宋德华 摄）

另一条从湖南安化起，沿资江过洞庭，穿越两湖地区在汉口集聚，再北上至恰克图。两条商路在俄境内延伸，经贝加尔湖、伊尔库茨克、新西伯利亚、喀山、莫斯科等，到达终点圣彼得堡。

虽说经过福建的这条古老茶道起点在下梅村，路途更远的政和西津渡并没有直接纳入"万里茶道"的路径中，但从真实历史看，政和的茶叶确是经这西津渡转运后，走建瓯、建阳到武夷山的下梅茶叶集市而汇入这万里茶道，远走俄罗斯。到了清末，由于俄罗斯商人的直接参与而径直运往俄罗斯，形成"万里茶道"的另一种茶叶转运聚散方式，甚至是"万里茶道"一种空间意义的延伸，可留待进一步的考证与研究。

除了西津渡外，政和还有众多的古渡口、古码头，其中东平镇护田村和石屯镇石圳村都是自古闻名遐迩的航运村。一个村居于松溪河将与七星溪汇合的前沿，距两河汇流的西津渡约7千米；一个村居于七星溪将与松溪河汇合的前段，距西津渡也不足10千米，如引来前文所叙，它正是"一柄双权"的弹弓形河道的主体部分，于是就形成了"品"字形的政和水路上的物资集散地与交通要塞。

护田村在唐朝时就已经是繁华的村庄，而石圳村在宋代也已经成为富裕的村落。它们都是古老的村落，都有特别的沧桑古韵。你看，护田村面向鲫鱼山，松溪水在村前弧形穿过，溪两侧有大片的开阔河滩地，满目林木苍翠，芳草葳蕤，留存着古渡口古码头的多少沧桑意味；而石圳村背靠牛背山，三面为七星溪所环抱，更是留存了古渡口古码头的许多遗迹，一棵数百年的老樟树，巨大树干上尽是系船绳索的勒痕，一块残留的系船石桩回味着岁月的沧桑。说真的，这两个古老的航运村有太多共同特点，太多旧事乡味，让人们驻足不已。比如，它们都处于地势平坦开阔的河湾，水量较丰沛，航道较开阔，有水上转运的优渥条件，所以都是历史上政和境内重要的中转码头。那年月，每年都有大批粮食、食盐、茶叶在这里转运，常年在这里靠泊的货船、竹筏都有数百条数十条之众。再比如，千百年里这里始终风景独特，既有山区的幽深峻丽，也有水乡的舒缓柔秀。所以，也曾经渡船穿行，游人如织，历史上这里就曾是政和乃至整个武夷山茶产区重要的旅游景点，有不少来武夷山采购茶的商人都曾经在这里留驻、浏览。加之，这里还有朱子文化的涵育，文化旅游也是自古就在这儿兴起，文化人早就乐于到此一游。你看，人们曾经点赞护田村"窗含万松千顷绿，门泊松溪万艘船"；点赞石圳村"山色溪声，曾伴晦庵游此地；天光云影，还登高阁忆斯人"。想象一下，当年这两个村庄水运与渡船的繁忙，百多艘木帆船挨挨挤挤的停泊或航行，几十条木筏河水里压浪前行或滩上晒着太阳以及人流的穿行，风光自是殊胜。

自然，无论是西津渡、护田渡，还是石圳渡，它们作为渡口与码头的繁忙已经成为过去式。以西津渡为例， 1958年政和县通了汽车，政和百姓及公务人员要去建瓯或南平等地，先坐汽车到西津车站停下，乘渡船上岸，再换成汽车坐到建瓯或南平等地，货物运输也多数走这个模式。西津渡口作为转运码头的功能就逐渐减弱了，但作为渡口，既摆渡行人也转渡货物，仍然作用巨大，不可或缺。直至1969年建成西津大桥（旧）通车后，汽车可直达建瓯，南平，福州等城市，也可通往东平古镇等各乡镇，西津渡口码头才渐渐萧条了。无论西津渡、护田渡，还是石圳渡，这三个古渡口作为那些年代政和水上运输中转地和重要渡口，码头周边都曾建有诸多的客栈（新中国成立后都称旅社，为国有性质），还建有盐库、酒库、钱庄和饮食店，以及后来的粮油站、土特产站、运输所，车站，供销社、竹排公司，养路段，林业检查站，长途电话管理所等等；每天来往的客人众多，自是热闹繁华。如今，数百年的繁荣航运业虽早已淡入历史中，留下的破旧古屋变成历史遗存，向来往客人诉说着古村落的历史沧桑，其旧事乡味让人品味不已。

不过，这些地方仍然交通便捷，新大桥、宁武、松建两条高速公路从西津过境，省道204穿村而过，半个小时可达县城。

东平镇后埠畲族村渡船（宋德华 摄）

所以，这些地方不再是渡口与码头，而是"古渡口古码头遗址"了；不再是营业中的转运码头与渡口，却有新的业态正兴起与发展。他们按照"留得住青山，留得住绿水，记得住乡愁"乡村保护性开发要求，加大对这些古村落、古渡口保护和建设力度，坚持开发建设与古村保护相结合，在恢复古村落面貌的同时，着力打造村庄美、生态优、百姓富，集休闲与农业观光于一体的旅游景区。以石圳村为例，2016年石圳村获评国家AAA级景区，被列入福建省第一批特色小镇；2017年11月其新农村建设项目获得"中国人居环境奖"范例奖；2022年12月被评为国家AAAA级景区。游客每到政和，一定会到石圳村；而一到石圳村一定会在一家政和白茶品鉴店探访与拍照，店的招牌醒目耀眼，它叫"旧事乡味"。据说，这"旧事乡味"原是一家小吃店，这家店名可谓一语而经典啊！它正是政和古村游、古渡游的最好写照在这里，你可以游览古村古渡，可以品鉴政和白茶，可以感悟朱子文化，让自己放慢生活步子，记住旧事乡味，离自己心灵更近一些。

镇前有道鲤鱼溪

□ 黄文山

　　镇前有道鲤鱼溪，溪上建有一座鲤鱼文化公园。因为鲤鱼溪，还因为鲤鱼文化公园，镇前成了远近游人慕名前来的观光地。

　　而这个高山小镇的名字，五十多年来则一直铭刻在我的心间。那是因为镇前在我的过往人生中，与我有过一次短暂的交集，我曾在这里生活过80天。1970年，父亲被下放到政和县的镇前村，母亲带着弟弟妹妹们随同前来。记得那是一个寒冷的冬季，我接到父亲的来信，说他已经把镇前的家安顿好了，要我回家过春节。于是我从插队的村庄启程，乘坐长途班车，途径建瓯、政和县城，辗转两天，才来到这个深藏在鹫峰山中的村落。

　　岁月匆匆流逝，半个世纪过去了。而今，我又来到镇前，想领略一道鲤鱼溪的风采，品味一座乡村文化公园的涵蕴，当然，还想看看我们过往的房子，去捡拾曾经的记忆。

　　镇前海拔1000米，是全省地势最高的乡镇。这里山高水冷，

镇前村全景图（余明传 摄）

粮食产量不高，但盛产高山茶。且因地处闽北通往闽东的茶盐古道上，交通位置重要，是一处商贸重地。唐时这里为宅上、卜前两村。公元941年建关隶镇，属宁德县。镇衙设在卜前村，即今镇前村。关隶之名由来，众说纷纭。明代志书《闽书》的作者何乔远乘用这一说法"关"（繁体）系"闽"之误，这是因为当时福建的主政者识字不多所致。《周礼》中说王宫禁苑的卫士由六隶组成，闽隶即是其中的一支。而此地最早的一批居民，曾是守禁苑的卫士，故名。宋咸平二年（1000），升关隶镇为关隶县，县治移于今城关。政和五年（1115），因关隶县进献白毫银针茶，宋徽宗大悦，将年号"政和"赐予关隶县作为县名，镇前也一度随县名称为政和乡。1000多年过去了，镇前古衙坪街尚在，正静静地诉说着一段早已被历史风尘湮没的斑斑往事。

穿过古衙坪街，眼前便是一座偌大的鲤鱼溪文化公园。

一道明丽的溪水静静地穿园而过，一群群鲤鱼在水波间纵情嬉游。溪上，卧着三座古朴的石拱桥，小巧的人工岛上有一座鲤鱼喷水雕塑。此时公园里没有多少游人。也许是听到了杂沓的脚步声，溪里翔游的鲤鱼，忽然都调转身姿，接着便朝着我们走来的方向聚拢。清冽的溪水里，好像一下打翻了调色板，红、黄、紫、黑、白，五彩斑斓。

鲤鱼溪形成于明洪武年间，得益于一位徐姓官员的倡导，封山禁伐，蓄水养鱼，保护生态。但真正让乡民与鲤鱼结下深厚情谊的是一场突如其来的大洪水。当时，乡民们观察到溪里鲤鱼出现不同寻常的惊慌，预感到会有洪灾降临，于是紧急转移到了安全地带，从而躲过了一场劫难。从这以后，乡民和鲤鱼感情弥笃，在鲤鱼溪里，他们找到了人与自然、人与人之间和谐相处的道理。而这座鲤鱼文化公园，则是2015年由几位乡镇退休干部发起，热心村民参与捐建的。

公园里建有一处"吃茶话事"亭。有时，村民邻里间发生了纠纷，用不着都要对簿公堂。大家可以相约来公园喝茶话事，听长者解劝。所以，这座乡村公园还有一个名称叫"三治公园"，三治为法治、德治、自治。

这时过来了好几位村里的长者，我便询问他们是否知道当年父母下放时的旧居。因为镇前有四个自然村，根据我的依稀回忆，大家推测我们当时可能是住在靠公路边的洋后村。于是，两位镇干部陪同我去洋后村。我们沿着鲤鱼溪一路前行。溪水浅斟低唱，初夏的阳光和煦暖人。映入眼帘的是路旁一大片覆着塑料薄膜的菜地，种的是反季节蔬菜。高山地区的无污染蔬菜，销量很好，是村民的一项重要收入。

一走进洋后村，踏上窄窄的巷道，看到两旁高高土墙里紧挨着的一座座农家院落，52年前的记忆微光一下就被点亮了。

那是我到家的第二天，母亲吩咐时年9岁的小妹妹去村里买鸡蛋。过了一会儿，还不见小妹妹回来，我便进村去找她，顺便也看看村容。村子其实挺大，鹅卵石铺就的村巷曲里拐弯。一进村口，就有好几个村民争相过来告诉我，小妹妹正在谁家做客。他们说话时，眉眼都笑眯眯的。我找到那户人家，进门一看，果然，妹妹正端坐在厅堂正中央的桌上吃茶点。这家的一群孩子团团围着她。妹妹的任务对她来说，显然轻而易举，鸡蛋已经在篮子里装好了。临走，主人还在篮子里加放了几根刚打好的粿条。

镇前鲤鱼溪（叶维荣 摄）

这一幕，让我心生感动。很快，我又认识了镇前的邮递员、赤脚医生、供销社营业员、粮站管理员、生产队长、普通村民……一次来往，一道微笑，一个援手，一声问候，还有那一道潺潺的溪水和在溪中快乐嬉游的鲤鱼，他们便是我的镇前影像，是我记忆深处的那一缕温煦的阳光。

时近中午，我们走进一户村民家休息喝茶，和乡亲们聊天。

其实，当年我们的住处不在村里。准确地说，是住在村边田间一处被废弃的半埋在地下的窝棚。父亲进山砍来竹子和茅草，在热心村民的帮助下，将它们和上泥巴混编成篱墙，将就着搭起了两间茅草房，旁边还修了一个猪圈，就在这里安家落户了。

那年，当我走下班车，正在公路旁探头探脑的时候，两位妹妹从路边低矮的茅草房里钻出来，她们一下就看到了我，飞奔过来，紧紧地抱住了我。我一抬头，看见母亲已经站在我面前，鬓边飞出白丝。

窝棚十分简陋，没有砖墙和瓦片遮风挡雨，只用重重茅草覆盖，但这就是我们的家。我们在镇前的日子有些艰辛，父亲失去了工资，只有少许生活费，而就是这些微薄的生活费，还常常不能及时寄达。但我从没有听到父母亲抱怨过什么，在善良村民的帮助下，他们靠自己的双手，砍柴、种菜、养猪，充实日子，改善生活。三年后，父亲被落实政策，携家人离开镇前。后来，他们曾多次谈起，在艰难日子里，是镇前给了他们一个安身之处和一段平静的光阴。

一位村民领着我走到当年的班车停靠点，看着面前一片似曾相识的田野，已然不见当年的窝棚，我们曾经的家。窝棚消失了，但村庄还在，记忆还在，亲情还在。由此我对镇前充满了感激之情。

从洋后村转出来到镇政府，走的是镇前西街，绵延一千多米的街道上商店、旅社鳞次栉比，来往的车辆川流不息，一片繁盛景象。陪同的镇干部对我说，这得益于外地来的游客。镇前海拔高，夏天气候凉爽，是休闲避暑的好去处。而鲤鱼溪和乡村公园，则成了招徕四方游客的文化名片。

一道鲤鱼溪，一座乡间文化公园，还有朴实真切的乡情，镇前让人流连难忘。

福地洞天

古寺禅迹

□ 黄莱笙

　　有一种旅游，不完全是观光，不完全是览胜，而是去偶遇内心的安宁，邂逅生命中真正的自己。如果体内承载着传统文化，如果胸中有远古的经文穿梭，这种偶遇与邂逅的体验式游程总会遇见古寺。或许，政和山野，就是可以安放静谧时光的和美境域，因为丛林古寺，因为经久不衰的禅意传说。

　　即便在福州，我们也能听到闽刹之冠鼓山涌泉寺与政和之间的法脉喧响。《福州晚报》2018年12月4日刊发闽都史话《涌泉寺住持道霈禅师与政和宝福寺》，记载了一则资料。道霈禅师(1615-1702)有"古佛再世"之称，曹洞宗第三十三世祖师，曾任福州鼓山涌泉寺住持。康熙十年（1671），道霈辞去鼓山涌泉寺住持，开始了云水行脚僧的旅泊生涯。恰同年秋季，风干物燥，一场大火骤起，将政和宝福寺烧成瓦砾丘墟，僧众大多离去，香客影稀，只剩几位道心坚固的老僧，墨守残舍旧屋，维系深山法脉。次年（1672），老僧们合谋议请高僧住持。那时，道霈云游驻锡于浙江庆元镜湖，宝福寺住僧历经波折寻至诚邀，道霈为其感动，赴政和丛林游历，觉得宝福寺所在"溪山形胜，堪为道人隐居之所"（道霈禅师《旅泊庵稿·重兴宝福禅寺记》）。康熙十八年（1679），道霈开始驻锡政和，重建宝福寺，历时四载，修葺一新，不但在规模上超越旧寺，而且在布局设计上多依鼓山涌泉寺，显得更加巧妙。据道霈《重建宝福寺碑记》记载，重建后的宝福寺"金光闪烁，辉映林间，四方衲子有志慕道者渐至，常余千指，朝暮禅诵，晨昏钟鼓，琅琅法音盈于耳目，可谓一方真阿炼若正修行地"。这期间，鼓山涌泉寺僧人多番前往政和宝福寺反复求劝道霈还山，道霈就自己不愿还山之意作《复三山众护法公启》一文，自谦道孤德薄，不堪绍继先师，且年事已高，岁月无多，乐于终老宝福寺，一心求道，融于法界。然而，涌泉寺众僧依旧不依不饶，反复迎请。道霈无奈，只得应答曰："候七旬不掩息，当归耳。"康熙二十二年（1683），六十九岁的道霈在宝福寺撰写完成了《华严经疏论纂要》一百二十卷。康熙二十三年（1684），道霈七十岁，仍然身板健朗，这下没得推托，只得履行诺言。他依依不舍地出离政和宝福寺，返回福州鼓山涌泉寺，后来一直活到八十八岁。道霈禅师在宝福寺留下的"内坚谋道之志，外宏清净之风"和"修身有戒，治身有慧，以法共往，仰报佛恩"诸多教诲，成为僧众始终恪守的修身礼佛信条。这类资料令人引颈遥望，习习禅风，古意穿梭，政和是一处怎样的殊胜之地？

政和县的宝福寺。始建于唐代贞观年间的千年古刹，是政和境内历史最悠久的寺院。远远望去，宝福寺坐北朝南卧于山腰密林，土墙黑瓦，由多座楼宇不规整组成庭院式建筑群。不知是山风还是兰若瑞气四溢，寺院周边翻滚着一卷卷林波，这第一眼远眺令人油然而生遁入之意。通向山门的石径比较难走，是一条磨得光亮的古道。一进山门是好大一面半月形放生池，水光浮着天上云朵。资料介绍宝福寺总面阔46.5米，总进深55.3米，总面积2571.45平方米。

进寺观瞻殿堂布局，宝福寺似乎与一般寺院并无差别。中国佛教寺院，大多规守中轴线依次设天王殿、大雄宝殿、本寺主供佛殿、法堂、藏经楼（阁）等，东西两侧通常布局钟鼓楼、伽蓝殿、祖师殿以及客堂、禅房、斋堂、寝堂、浴堂、寮房等，只是宝福寺少了本寺主供佛殿、钟鼓楼、伽蓝殿、祖师殿等建筑。果然，见到伫立在弥勒佛大屏风背后的韦驮菩萨，手中之杵朝地。

铁山宝福寺（余明传 摄）

佛门有个讲究：如果韦陀杵扛在肩上，示意本寺为大寺院，可招待云游到此的僧人免费吃住三天；如果韦陀杵平端在手，表示本寺为中等规模寺院，可招待云游僧免费吃住一天；如果韦陀杵挂于地上，则示意本寺乃小寺院，不能招待云游到此的僧人免费吃住。宝福寺韦陀杵朝地，显然是自谦非大中寺院。

天王殿供奉弥勒与四大天王及韦陀，牌匾一般书"天王殿"。宝福寺也同样供奉，却不见"天王殿"三字，而是迎面高悬"等个人"三字，这在全国寺院中比较少见。"等个人"是有佛门掌故的，有的作"等个人来"提法，我在典籍中读过两则内容。一则是中国禅宗达摩祖师在少林寺面壁九年等个人来，最终等来了神光，也就是禅宗二祖慧可。再一则是《弥勒八句赞》：弥勒佛化痴呆，街头上等个人来，手提布袋笑盈腮，张海口畅心怀，三界无安不可住，几时铁树花开，常日稳坐待当来，补处上莲台。正因为有这样的掌故，天王殿浓缩着"等个人"的佛法精髓，宝福寺不书天王殿牌匾而直接高悬"等个人"匾额，实乃禅机微妙。

宝福寺的大雄宝殿所供佛陀造像与一般无异，却也不见"大雄宝殿"匾额，仅高悬"调御殿"牌匾，这也不多见。"调御"的完整称呼是"调御丈夫"，众多佛教典籍都有"佛陀十号"记载，即如来、应供、等正觉、明行足、善逝、世间解、无上士、调御丈夫、天人师、佛、世尊。《佛光大辞典》有云，虽称十号，然一般皆列举十一号，佛在不同地方就现不同的名字。"调御丈夫"意思是，佛法不离世间法，同样以正反两种方式待人接物，或软美语，或悲切语，以种种方便调御修行者使往涅槃，诸佛教化众生，既可示现善相，也可示现恶相。"调"开示的是诸佛以平和、柔顺的方式来教导、帮助正直善良的修行人。"御"开示的是以强硬甚至打击的方式来管教刚强蛮横、愚痴颠倒的众生。至于"丈夫"，常见两种诠释。一种是指佛陀乃有节操、有作为的伟岸男子，正如"大雄"的大力伏四魔之雄伟，作为一个词语来解。另一种是分开两个词汇解释，"丈"者，系丈量，带有分析之义，该调到什么程度、御到什么火候，要权衡比较；"夫"用作语气词。宝福寺在大雄宝殿门口上方仅悬挂"调御殿"牌匾，是一种直奔佛法精要的开示，所含菩提意趣盎然。

调御殿内正方悬挂着道霈禅师手书"人中师子"匾额。这是一句佛教用语，多作"人中狮子"，意指像狮子一般沉毅雄强、极具威严的杰出人物，"师"乃"狮"的文献异字。此匾显然是宝福寺对佛陀的无限赞美。

福元寺留有朱熹二首诗，其中一首："踏破千林黄叶堆，林间台殿郁崔嵬。谷泉喷薄秋逾响，山势空蒙画中开"，勾勒出政和古寺的空灵意境。护国寺则留有朱熹父亲朱松《护国上方》："久知喧寂两空华，分别应绿一念邪。为问脱靴吟芍药，何如煮石对梅花。"政和民间信仰普遍渗透着佛文化，就连唯一的国家风景名胜也称为"佛子山"，乡野之间弥漫着儒释道交融的民风。

县民宗局的《政和宗教简介》，记载了清代以前27座政和古寺，其中唐宋时期就占了23座。徜徉政和丛林，忽然想起北岛那首著名的《古寺》："消失的钟声/结成蛛网，在裂缝的柱子里/扩散成一圈圈年轮/没有记忆，石头/空蒙的山谷/传播回声的/石头，没有记忆/当小路绕开这里的时候/龙和怪鸟也飞走了/从房檐上带走喑哑的铃铛/荒草一年一度/生长，那么漠然/不在乎它们屈从的主人/是僧侣的布鞋，还是风/石碑残缺，上面的文字已经磨损/仿佛只有在一场大火之中/才能辨认，也许/会随着一道生者的目光/乌龟在泥土中复活/驮着沉重的秘密，爬出门槛。"

与北岛所述的沉寂、荒凉景象不同，政和古寺呈活态情境。那些天南地北从黑龙江、广东、上海各地慕名而来的居士、沙弥、比丘、比丘尼及老和尚，那些保留着农禅传统的寺院生活，那些穿梭着"一花五叶"的法脉禅流，让我们感觉到盛世当下，石龟正在复活，在政和游程中微笑着迎接远来的目光，在政和的山野丛林里发出般若声响。

俯瞰清平寺（余明传　摄）

宝殿探幽

□ 黄河清

　　岭头村有这样一座千年古庙——龙岩宝殿，它像有着大智慧的得道高僧，将自己藏匿。愈是这样，愈吊起我的胃口，心生神往。一个初夏的晌午，雨过天晴，薄雾铺满了整个山峦，似国画中的水染泼墨一般。距离古庙两千米处，我们开始徒步穿行于古道。这是一条盐茶古道，古道从宁德的霍童到福安的穆阳，再到杨源板头村，经过岭头，前往政和城关，然后一直通到建瓯。它不仅能运茶盐，也能运其他山货，更是山里人与山外世界相连的通道，所谓"道通天下"即是。就这样，腰间别着的一块块面饼加上酸盐菜的能量竟然传承了千年茶盐文化……

　　踏在这条铺满落叶和长满杂草的古道上，恍惚穿越了过往。然而，已闻不到弥散的茶香，听不到叮当的马铃声，亦不见头戴斗笠肩挑手提的汉子。屏息聆听，只有松涛鸟鸣，空谷回音。伫立观望，但见青山碧水，云飞鹰翔。走了约莫半小时路途，薄雾已渐渐散去，正欲卸下满身水气，猛抬头，前面高地上兀然立着一棵大树，我知道踏进了岭头村。

古道前方连着一座古桥，岭头溪比较窄，单个桥拱即可跨越两岸。古桥的桥洞呈半圆形，和水中的倒影相接，正好是一个大大的圆，圆的物体，寓意着团圆和圆满。不仅如此，为了便于与路面衔接，也便于行人和货物通过，桥面放缓了坡度，于是又呈现出一个优美的弧线。远远望去，古桥犹如彩虹卧波，溪水与古桥，动静中带着和谐，灵动里富有韵律；溪水倒映着桥拱，桥拱映衬着溪水，像一轮满月摇曳在桥下，半实半虚，半静半动，醉了溪边的花草树木，更醉了赏景的路人！这满月映在桥下，流水带不走她，时光带不走她，只有人们的心才能带走她！

走过古桥，一座重檐歇山顶的建筑映入眼帘，这就是龙岩宝殿。一座小小的古庙，既没建在高山上，也没设在深水边，只是坐落在山脚，背靠龙头山。然而，古庙后挺立的这座远近闻名的龙头山，却是当地方圆百里传说的一座风水极佳的山。站在山的前方仰视，从远处逶迤而来的山脉龙腾似的突然昂起后，又像龙头一样徐徐地斜落在阡陌纵横水平如镜的田坝上；古庙的左右两边分别是从巍峨后山分出的支系靠山，犹如一个人伸出两条臂膀，拥抱前面的平坦田坝。而古庙就端端正正坐落在这把天然的像椅子一样的山岔腰凹里。站在庙门前远眺，一条玉带似的岭头溪呈内弓形缓缓流淌，远处是层层推进宛如洪波涌起的山峦，目极之处是一座高耸的印台似的大山,这古庙正应了"左青龙右白虎前朱雀后玄武"的中华传统风水吉象。

村里一位九十高龄的老人说，大宋年间北方一位远近闻名的风水先生，为了让自己的后代发达起来，中年后就开始为自己寻找墓葬之地。他跋山涉水、餐风饮露、千辛万苦跟踪山形龙脉走向，历经20余年终于找到了龙穴处，却见这座古庙压在了上面，顿时他口吐鲜血气绝而亡。这个悲情的传说，使得龙岩宝殿及后面的这座大山更显神秘了。

古庙边立着一棵生长了千年的柳杉树，树干壮硕，树冠庞大，树皮粗糙，连裸露的树根都是盘根交错在一起，似乎无言诉说着这座古庙久远绵长的沧桑岁月史。盯着这棵古树，我一时怔住了，不知那裸露在地面上干瘪得令人心疼的树根，又何以撑起这么一大片婆娑和苍翠？当我在心中一遍遍问自己的时候，起风了。一阵阵冷冷的山风吹来，眼前的柳杉树，依然安静地挺立着，任凭冷风吹打。它和古庙里的神像一样，姿态肃穆，目光虔诚，一年年站在这里，守护着这一方圣洁和安宁。如果有来世，我愿做这样一棵树，生长在古老而宁静的寺庙旁。用树的形态，树的姿势,在世间站立，静静地体会生命的过程。在每一个清晨和黄昏，守望一个个轮回，守望一段段生命。

龙岩宝殿始建于宋淳熙十二年（1185），清宣统辛亥年（1911）重修，总面积339平方米。古庙隐迹近千年，或许内心里也喜悦甘苦清静的日子，不愿遭人打扰。抬眼望去，朱红色的庙门上方高高地悬挂着一块红底黑边的硕大牌匾，上书"龙岩宝殿"四个金色楷书大字。大门左右两边各矗立着一根雕龙青石门柱，显得古朴大气。推开两扇朱红镂花庙门，进入庙内，踩着厚实的青石板，缓缓而行，一阵阵空灵清越的脆响，在寂寂中袅袅袭来。一颗浮躁喧嚣的心，就在声声清脆里缓缓沉静下去，继而清宁四溢。

龙岩宝殿（王丽玉　摄）

　　戏台面阔五间，进深三柱，中上部有八角覆斗式藻井，藻井上彩绘八仙人物故事图和龙凤花卉等，戏台正中绘有一幅福禄寿人物图，题有对联"千秋大业一出戏，百万雄兵几个人"。穿过戏台，沿天井正中的九级青石台阶上行便是大殿，天井两侧有廊道和厢楼。大殿面阔三间，进深六柱带前廊，悬山顶，抬梁，穿斗式结构，明间减中柱。大殿正中的神龛上供奉着陈靖姑、林九娘、李三娘的神像。神像的眉眼之间，皆透着一股悲天悯人，一股超凡脱俗。我从没有见过这般的慈眉善目、不染世俗。这是要怎样静默虔诚的心，才有这入木三分巧夺天工！大殿里香烟萦绕，<u>丝丝缕缕</u>，恬静淡然。

　　福建民间信仰比较发达，而女神之多冠于全国，据说有"三十六公婆"。在众多的女神中，陈靖姑、林九娘（妈祖）、李三娘三大奶以临水文化著称于世，尤其是李三娘，在政和一带信众众多，传播广泛。李三娘历史上确有其人，由黄裳和郭斯垕编修的明朝《政和县志》对此亦有记载。据载：李三娘，唐大历八年（773）出生在连江马鼻辰山村，出生不久便失去母亲，14岁嫁人，早年丧夫后便回家与老父相依为命。后外出学艺，生前为当地做过许多济世救民的善事。在民间，盛传着李三娘的种种除妖济民的传奇故事。这些故事通过口口传颂，并浸润和融入当地民众精神版图中，成为崇尚正义、勇于担当的化身。

　　这时一个老妇人牵着一个五六岁的孩子，手里拿着一炷香缓步走到神像前，把双手举到头顶后，全身伏倒在地上，旁若无人地叩拜着。默默送来祈祷，默默带走希冀。原以为这一个偏僻之地，能记起它的人只怕寥寥无几，不然这山间怎会花草树木甚

炊烟袅袅（班剑华 摄）

繁，鸟雀松鼠追逐相乐，现在想来，该是因为谁也不敢也不愿扰了这一方净土吧！然而，一到祭祀礼俗之日，善男信女，纷至沓来。他们不仅膜拜，也定要做到礼数周全，方可安心离开。

虚灵宁静，腹中缓缓升起了道和禅的意蕴。

秘 境 洞 宫

□ 徐庭盛

　　洞宫山是神秘之境，猜不透，玩不够。道教有三十六洞天七十二福地，洞宫山为第二十七福地。

　　洞宫山是"琅嬛福地"，神仙藏书之地。传说，西晋编撰志怪小说集《博物志》的张华（232-300）曾经到洞宫山游览，遇上一位老者，带他们来到一块巨石前，忽然，山门洞开，洞中陈书满架，有二犬守护。老者告诉张华，这些书是《玉京紫徵》《全真七璜》《丹书》诸秘籍，又指着两只犬说："此龙也！"张华想住在洞中读秘籍，老者拒绝了，命小童将他送出洞外。张华问老者此处地名，老者告诉他是"琅嬛福地"。此为洞宫山为"琅嬛福地"之来由。

　　山从峰起。政和有两座山峰都以"香炉"命名。最北的是香炉尖，海拔1597米，位于岭腰乡前溪村闽浙边界；最南的是香炉山，海拔1384米，就在洞宫山，与周宁县交界；中间有座琅玕山，海拔1466米。这三座山峰恰巧处于一条直线上。洞宫山有72

峰、36洞，香炉山为最高峰，而九莲峰却更出名，九孔岩是洞宫山的标志。明朝版《政和县志》记载："洞宫山在县东南十六都，去县治二百里。其主山重叠有九峰，状如莲叶，谓之九莲峰。"洞宫山所有的景点都在这72峰的环抱之中，有49处景点。为探究宫洞山之洞，我们曾在村民帮助下，用柴刀劈山寻洞，发现大洞小洞众多，小的仅容两三人，大的可纳上百人，如果算上小洞，远不止36洞。洞宫山是不是因山洞之多而得名？

峰高洞幽。据说，洞宫山有个超级大洞，幽深可容数千人，但至今没人进去过。这个大洞在哪里？地表上没有，那就是在洞宫山山体内部——古银矿洞。洞宫山，许多地点都以"司"命名，如司岭、司岭亭、司凸、司凸亭、司后坝等。县志记载"故老相传有巡检司"，这个巡检司的官舍遗址位置称司后坝，就在九莲峰下山边田野。九莲峰下的谷洋银场开采于北宋，延续至明末，是个超级大的银矿场。洞宫谷洋银场与周宁芹溪、官司的宝丰、宝瑞银场相连，三个银场矿洞相通，形成巨大的银矿洞。民间传说，洞宫这一带每日有"三千路上走，八百洞里能（人）"。我曾在村民带领下到山中寻洞，发现大大小小银矿洞十多个，在一些宽敞的矿洞中，发现了陶片、木炭等矿工生活的痕迹。

景从水出。洞宫山之水从九莲峰而出。洞宫水库，人们称洞宫湖。原来的洞宫村淹没在水库中，据说那儿原是火山口。水库坝下的虹溪河床平坦如砥，不见泥沙，水清见底。勘探表明，洞宫田野沃土底下是连片平坦的岩石，这是不是火山爆发凝固的熔岩？虹溪流经新棠洋、仰头两个村庄，大坝拦住水流，又形成一个悠长的人工湖。人工湖下就是雾中桥峡谷。峡谷乱石中，有数百个形状规则、大小各异的同心圆图案。这些圆圈，称为"怪圈"，怪在不知怎么形成，怪在那圈圈非常坚硬，据说用日本进口的钻头也钻不出明显痕迹。有人说这是外星人做的记号，说得扑朔迷离。猜想，这圈圈有没有可能是火山爆发的熔岩形成的，或是一种细菌侵蚀。这是个谜。这狭小的溪谷，有乱石突兀，也有碧水深潭，人称情人谷。情人谷没有一点浪漫的气息，反倒给人有点凶险之感，九级瀑布就在这条溪谷中，异常陡峭。

水丰生雾。我是洞宫山的常客，去拍洞宫山雾海。2010年4月，我和几位驴友在洞宫山住了数夜。半夜里，山谷中的那片田野一派宁静。凌晨四点，推开小木楼的窗户，往外一看，几缕薄如轻纱的白雾从田野的一角慢悠悠地飘来，似醒非醒的样子。我们赶紧背上摄影器材上山。登山途中，大雾在森林中涌动，弥漫了整个山谷。登上最高点，放眼洞宫山，山峰在雾海中露出了头，洞宫山的标志——九孔若隐若现，人立山峰之巅，雾海之上，飘飘欲仙。此时身处洞宫山，吸进心肺的每一丝空气都是甜的，全身的血管被清新的空气清清爽爽洗了一遍。此后，我们一次又一次前往洞宫山。一天凌晨两点上香炉山，山中野兽嚎叫，流水潺潺，山雾在树林中流动，发出"嗖嗖"声响。雾水、汗水浸透我们全身内外。香炉山有个小庙，雾太浓，庙内的一切湿漉漉地滴着水，费劲点着了火，把衣服烤干，在庙里等天亮日出……那是难忘之旅。

摄影是最贴近自然的旅游。我一次次到洞宫山摄影创作，一次次沉浸在洞宫山峰林雾海、碧水蓝天、绿树红花、秋山红叶、

洞宫仙境（王祥春　摄）

蛙叫蝉鸣之中，陶醉不归。

洞宫山，我们是迟到的旅人。早在南宋，陆游来政和洞宫山玩一趟，就不想回去了，他说"我困文书自怕归"。

绍兴二十八年（1158）冬，陆游任宁德县主簿。宁德就在洞宫山的东面，从宁德到洞宫山，走"宁德—建瓯"古道，两天就到。今天的衢宁铁路，从政和穿过宽厚的鹫峰山脉，就到闽东地界，过屏南站后，经周宁站（咸村）、支提山站，至宁德。

陆游在宁德任职一年。《宁德县志》载：任邑簿，有善政，百姓爱戴。陆游出仕一方，爱地方的百姓，爱那里的山水。1159年春夏之交，陆游开启洞宫山之旅。他与同僚或泛舟霍童溪，或弃舟行古道，考察了霍童镇的支提山。支提山是我国道教名山，是道教三十六小洞天中第一洞天。陆游从小受家世信奉道教熏陶，人生观颇受道家出世思想影响。他对于道教有渊源，还有研究，他曾作《道室试笔》诗六首，其中第四首有云：吾家学道今四世，世佩施真三住铭。

陆游一定早就了解了道教名山洞宫山，既然来到同为道教名山的支提山，岂能错过近在咫尺的洞宫山？初夏，陆游从支提山出发，沿宁建古道，经贡川村、大碑村、芹溪村、楼坪村，来到洞宫山。从宁德上来越过西门岭，就到了鹫峰山的脊部。高山之上，峰峦之间，一片片相对独立又相互通联的田畴，寺观村庄散落山脚田边；洞宫山，秀峰峻拔，林木茂密；涧潜山谷，溪水静流；巨石壁立，岩洞深藏。这样的地形地貌，豁然开朗，又暗藏神秘。

天庆观掩藏在石崖之下、松篁之间。陆游，抛去公务繁牍，

琅嬛福地洞宫山（余明传 摄）

深深地呼吸这里的清新空气，尽情享受这里的山水，与道士品茶论道。几日游览洞宫山，陆游深深喜欢这里，虽然不情愿离开，可是公职人员身不由己，于是一首七律《雨晴游洞宫山天庆观坐间复雨》流于笔端：近水松篁锁翠微，洞天宫殿对清晖。快晴似为酴醾计，急雨还妨燕子飞。道士昼闲丹灶冷，山童晓出药苗肥。拂床不用勤留客，我困文书自怕归。

这首七律意思是：山涧边，青松翠竹，黑瓦土墙的道观与近山远峰交相辉映。灿烂的阳光照射着满山的酴醾花，馥郁的花香令人陶醉。雨后放晴，我兴致勃勃游览洞宫山。山中气候多变，又突然下了一场急雨，觅食的燕子也躲进屋檐下。这样的时光，道士似乎也闲着没事。这个时节，山中草药长得肥壮，山里的孩子早早就出门采药去了。该回去上班了，我整理床铺、行李，主人挽留我多住几天，其实，我也厌烦繁杂的公务怕回府衙啊。

山上杜鹃，涧中萱草，路边蔷薇，山脚酴醾，漫山遍野的山花装饰着洞宫山。春夏之交，酴醾花开得最盛，或粉或白的酴醾花浓郁花香弥漫着整个山野。诗中写的"酴醾"是一种花朵类似蔷薇、在春末夏初开花的植物。酴醾花色如酒，香气馥郁。洞宫山浪漫的酴醾花让陆游陶醉，他一挥笔，把大宋的文学气息带到了美丽的洞宫山……

多年来，我们与有关人士踏遍洞宫山山水，寻找天陆游诗中的庆观遗址，终于在宝丰岩一处隐蔽的崖壁上首次发现了浅浅的"天庆观"三个字。

洞宫山这样的道教名山自然也瞒不过郭斯垕。郭斯垕是明朝建文四年（1402）出任政和典史，他出生于历史悠久、人文荟萃的会稽（绍兴诸暨县），诸暨也是西施的故乡，政和人"重其文学，称为会稽先生"。郭斯垕考察过洞宫山风光和古银矿，留下了两首诗作，其中《洞宫丹室》诗云："魏君仙去山犹好，碧水丹崖世所稀。洞口无门云自去，坛边有树鹤来归。风帆渡海瞻蓬岛，鸟道横空近武夷。犹记炼丹炉畔立，一声长笛落花飞。"

洞宫山的神秘与美丽，郭斯垕这句"风帆渡海瞻蓬岛，鸟道横空近武夷"是最经典的描绘。

遐福在福山

□ 李隆智

城西的福山公园，"亿年龙鸟"在公园"福道"入口远远地召唤着你。

一

鸳鸯于飞，毕之罗之。

君子万年，福禄宜之。

鸳鸯在梁，戢其左翼。

君子万年，宜其遐福。

来到福山公园，我行走在新建的福道上，轻轻地哼唱诗经《鸳鸯》，惬意也。

福山公园屹立于政和县城的西面，因为21世纪初建了一座七层八角的七星塔，而被广泛称呼为塔山公园。福山不高，与熊山、飞凤山并列，是政和城区三座代表性山峰之一，给人们的印象是壮美和庄严。

熊山似弥勒坐龛，正大雄伟，把街道逼仄成山脚沿七星溪一线。溪对岸由稠岭头发支而来的飞凤山，与青龙山、状元峰连成一体，虽是丘陵山地，但建于其上的革命烈士纪念碑直指云霄，拾级而上仰之弥高。

相对而言，城区西边的福山虽不高，然而山上却有着拔地而起的七星福塔，远望近观都能给人心灵不小的震动。

福山，古名佛字山。在福山上，有一座千年古寺，名曰佛字庵。民国李熙版《政和县志》载：佛字庵，在东衢里。宣和五年，僧德山建。清咸丰八年，遭太平天国农民军焚毁。

明国子助教谢坤诗《佛字庵》：

落魄江湖老布衣，日边曾伴五云飞。

不随丹凤巢阿阁，来听黄莺历翠微。

铜井日光摇佛殿，湛卢岚气挂禅扉。

故人瓮里春多少，容我题诗尽醉归。

因为政和方言中佛与福谐音，所以现在被广泛称为福山。而佛字庵里的晨钟暮鼓，依稀为每一个登临福山的人们，送去祝福，送去希望。

福山福道（郭隐龙 摄）

二

要亲近福山公园，虽然可以走原来的那条上山的步道，但是自从2023年新建了福道以后，大部分到福山公园游玩或散步的人们，都选择了福道。

在福道的入口，有一只巨型"奇异福建龙"的雕塑，顺着它的指引信步登上福道。钢结构的福道依托福山的地势依山而建，总投资2600余万元。状如一条盘龙，蜿蜒于福山上。2023年元旦前夕建成，之后立即成为政和的网红打卡点。

2024年春节，可以说是福山的春节。很多政和游子回家过年，听说新建了"福道"无不称道，趋之若鹜走"福道"。

福道路上走一走，新一年里更幸福。

每天拂晓，晨练的人们沐浴着清新的空气，在福道上或盘旋上山，或在福道上"闻乐起舞"，好不惬意。

沿着福道，很轻松地就来到了七星塔。

说起七星塔，故事绵长。

20世纪90年代初，政和县食品公司在福山上开发水果基地时，挖掘出一座大塔基，后来经过上级文化部门考古鉴定，确认是宋代古塔基。塔基上原建古塔，是一座建筑精致、规模宏大的县塔。

后来，为迎接建县千年，决定在原址重建县塔。

1998年9月11日，七星塔破土动工。

1998年12月23日，主体工程奠基。

2000年12月竣工，交付使用。

七星塔，为七层八角石砌混凝土结构，塔基外径21米，塔体内径9米。一层重檐下8根石柱环立，上刻楹联。

每层对开四门，另外四方嵌镶28块石雕佛像。门外回廊1.5米，配构白石栏杆。

塔内中心旋转楼梯180步沟通上下，塔顶重檐红瓦，顶端重檐上装置3.1米高的塔刹。

塔体整高42米。登临塔顶，可东眺鹤都岭群山起伏，西瞩白茶城车水马龙，北观熊山巍峨峭峻，南望林屯洋高楼林立，环顾古城景色，美不胜收。

七星塔矗立于福山之上，迎接初升的太阳，欢送盈盈的落日。

它，不畏风雨；它，勇斗霜雪。它，温暖着在外拼搏游子的归乡路；它，守护着熊城宜居宜业的幸福梦。

七星塔，也被称为"福塔"。

而在七星塔不远处，还矗立着一座小塔——乾清坤宁塔，为明代地方名宦吴廷用所建。

吴廷用是政和城关人，家在县政府前的直街，明永乐二年进士及第，侍讲侍从太子朱高炽，在朝为官40多年，曾先后任刑部右侍郎、礼部左侍郎。

正统元年（1436），67岁的吴廷用以年老体弱、父病危请于朝，获归省。是年冬，93岁老父亲去世。服阙回京，力疏不仕，告老回乡，闭门治学。著有《南庄诗存》一集。吴廷用热心地方教育和公益事业，曾撰题杨源英节庙碑记。

回到政和第四年，吴廷用主持建造政和城西佛字山乾清坤宁宝塔。乾清坤宁宝塔为石构楼阁式实心塔，六面七层，塔座为束腰须弥座，覆盆处浮雕如意云头纹束腰处及上袱六面均阴刻铭文。上镌有"乾清坤宁宝塔""庆成关键风水""皇图巩固四海""升平宝塔替曰"。束腰处有"主缘嘉议大夫礼部左侍郎吴廷用""本县儒学教谕辛圭"等字，数百年风雨侵蚀，现依稀可辨。塔身七层六面各浮雕坐式佛像一尊，共42尊佛像，塔刹为葫芦形。

乾清坤宁塔，是政和县最古老的宝塔。

三

乘马在厩，摧之秣之。
君子万年，福禄艾之。
乘马在厩，秣之摧之。
君子万年，福禄绥之。

低吟诗经《鸳鸯》，没有任何目的，没有任何羁绊，纯粹只是在福山公园漫步。眺望远处城区灯火辉煌，那是我的家园，那是我精神所系。

这里，底蕴深厚，重文雅书。早在2500年前的商周时期，政和的祖先就在这块土地上繁衍生息。汉唐以来直至宋咸平三年（1000）设立县，这片圣洁的土地在经济与社会文明发展中，逐渐突显了重要的地位。宋政和五年（1115）因进贡白毫银针受赐年号为县名，因此改名为"政和县"，所以至今流传着"因茶得名"的传说。

而县治，就在熊山脚下。一千多年前的宋政和八年（1118），朱熹的父亲朱松来到这里，开创了政和教育先河。他在熊山脚下创办了云根书院，在星溪河边创办了星溪书院，并在这里孕育了朱熹。朱熹的祖父祖母长眠政和，少年朱熹常来政和祭祖、讲学，因此这里有"先贤过化之乡"和"朱子孕育地"的美称。

遐想间，我移步来到福山公园脚下的福星桥。福星桥是县城外通往星溪河对岸官湖村的一座廊桥，是在原有石拱公路桥上搭建廊屋的桥。

桥梁改建工程于2017年5月启动，2018年6月竣工，重建后该桥总长108米，宽7米，中部为三层阁楼，南、北两端各有三层八角翼亭，桥内设闲廊茶座以供品茗休憩。该桥取名为"福星"。

因为紧挨着廊桥的东侧，新建有宽敞的公路桥，所以廊桥不行车，只供人们休憩和娱乐，成为福山公园一道风景亮丽的。到福山，走福道，爬福塔，逛百福广场；歇福亭，喝福泉，望福星，享幸福人生。

沐浴着新时代的和风细雨，政和的面貌发生了翻天覆地的变

福星桥夜色（余明传 摄）

化。奔腾流淌的七星溪，见证着这座千年古城的新生。

新时代的政和人以宽广的眼界、开放的姿态，在历史与未来的融合中，跨越、崛起……

福山公园，历史的见证。

福满西门

□ 禾　源

　　这里被誉为"琅嬛福地"。

　　这里至今还传承着四季祈福的风俗，福脉绵长。

　　这里为闽北、闽东红军会师之地，是创造幸福生活的新起点。

　　这里趁新时代福运，走上乡村振兴之路，福满西门。

　　山绿得滴翠，水清清亮亮，目光跟随山势水路穿行，一弯一岗，一波一折。蒙尘的双眼被擦洗明亮，亮得可以见到新叶浅浅淡淡透亮的光泽，可以见到清水击石飞起的一束束浪花，舒畅幸福的情感像一只深谷幽蝶不唤而至，翩跹飞舞在通往西门村的一路绿浪间。

　　西门村为洞宫行政村所在地，处于政和县、周宁县交界，位于省级风景名胜区洞宫山境内。而洞宫山在造地运动中，形成诸多岩洞、怪石和奇峰，据介绍有36洞49景72峰，碧水丹崖组构出人间秀美胜景。就因这一秀美，现实中闽东北交通要塞、历代兵家必争之地的洞宫山成了道家三十六洞天七十二福地中的排序第二十七位的福地，被誉为"琅嬛福地，魏虞洞天"。

"山，有仙则名"，洞宫山因为有了魏、虞二位真人便早早闻名于华夏，唐、宋时期便有了文字记载，唐道士司马承祯在《天地宫府图》中云："洞宫福地就是地上的仙山""皆仙人居处游憩之地，世人以为通天之境，祥瑞多福，咸怀仰慕"。据宋代历史地理著作《舆地广记》记载，魏真人就是彭祖的第三子魏王子骞，而虞真人，据葛洪文中记载是魏真人的弟子……还有关于魏、虞"二仙"各种版本的记载和不同的传说。仙吧！总有些扑朔迷离，但不管怎么传，怎么说，洞宫山一石一故事，一洞一秘境，共同承载着人间福地的奇特景观。就如麒麟峰下的蛇头岩，相传是魏真人斩杀蛇精留下的。传说中两位真人炼丹成功，成仙飞天，留下了飞升坛，他们指点的神牛在十里岩开出像彩虹一样的溪流，都成为今天的风景。《八闽通志》称此山有"十奇"：飞升坛、香炉峰、巨蟒岩、观音岩、罗汉岩、狮子岩、莲花石、石笋、石龟及丹室。实则何此十奇，这里每一块石头，佛见佛影，道见仙魂，平凡人家一样见到出米岩、蘑菇岩，见到禽飞兽走，这些风景给人留下无尽的遐思。洞天福地的胜境，引来神仙会聚，引来百姓朝圣，引来历史文人流连忘返，朱熹、李纲、赵迪等都跟这里结下了福缘，福地有福！

俗话说"近水楼台先得月"，最先得到洞宫山福地的滋润自然散居在洞宫山周边的各村落，西门村位列其中。

西门村确实有福，建村在洞宫山境内，便得地赠之福；家族追源为宁德霍童黄鞠之后，这是得家族基因之福。一路解说的副乡长正是西门村黄氏后人，他注满情感地讲述了西门村的福根。他说：西门村始建于南宋庆元元年（1195），由黄五四公从杨源乡王大厝下坂村徙居西门，距今有820多年历史。若再深一步溯源，王大厝之前那便是隋朝谏议大夫、中国隧道水利工程先行者的宁德霍童黄鞠之后。一个姓氏几千年的繁衍，那是一条源长支多的长河，我怕他说远了，回不到主题，可他并没有说远，只说了两则故事，验证黄氏先人留给后人的福慧。一个故事我很熟悉，那便是黄鞠为引水灌溉农用，先后在霍童溪南北开凿渠洞，造福一方的故事，另一个故事则是鲜为人知的"黄竹城"：在明朝时期，有位宦官叫黄仙福，向皇帝请求返乡探亲，皇帝念他多年忠心耿耿下旨赐他许多黄金，用于西门村修建城墙，抵御外侵。可他在路过安徽时，发现大批遭受洪涝灾害的难民，便一路施舍钱财救济，回到西门村时发现钱财所剩不多。担心违抗圣旨难以复命，就用所剩不多的钱财，让村民在山腰种竹为城墙。他回京后向皇帝如实复命，皇帝听了很高兴，重重赏赐了他。村里人感念黄仙福，以"黄竹城"为村名。黄氏先人的两则故事，道出西门村有福，福在

洞宫村西门夏福文化节（余明传　摄）

勇敢，福在智慧，福在美好品德当家风相传。

走进西门村不必急着了解"四季祈福"的信俗，而应该去看看这"四季祈福"之风，给乡村吹来了哪些"福气"。走过村落，村弄的铺路石清洁光亮，清代大宅院前的旗杆夹庄严挺立，巷道口的"葫芦门"有了锁口之功，高高的马头墙立起祥安，门厅里"寿考惟祺"的匾额彰显着福寿齐全……黄副乡长还特别引领我到一座古厝楼上看官帽山之景。这一路走的是村弄，而感受的是"五福"气运。

虽说心中满福，可还有点遗憾没赶上一场"四季祈福"信俗盛会，邓乡长仿佛明白我的情绪，便把我引领到福建千味茶文化有限公司的"洞宫茶邸"，泡上一杯"高山小菜茶"，约来村

洞宫村（余明传 摄）

里的长者，吃茶聊叙，在浓浓的乡音里感受着祈福盛况。那位当村医的乡亲说：四季祈福是个庄重肃穆的祈福仪式。先由乡亲推选出二十位福首人选，而后从中谨择十位福首，再从这十位福首中推选出一位总福首，由总福首择吉日、贴公告，家家除尘洁具备供品参与祈福。祈福吉日必在四季之首的第一个节气里。所备供品，大宗的肉、酒、茶基本不变，变的是春上糍粑夏贡粽，秋奉新米冬贡粿。十位福首分别到村中"土地庙""三奶夫人庙""齐天大圣庙"备好供桌，让全村人上贡敬拜。春祈春耕种福，夏祈作物茂盛，秋祈无灾无害五谷丰登，冬祈感恩天地。终归祈求天地神灵保佑风调雨顺、四季平安、丰收有成。四季祈福形式上是人与神灵的对话，实则是人与自然和谐相融，是人们遵循四季天时的生产提醒，新春开播，夏季洗栳，秋季重管，冬季藏储，再备春耕。

一位大娘听到四季祈福的话题，兴致勃勃加入，她说：见福首贴出祈福公告，便打电话通知亲朋好友，邀请他们做客分享。提前三天便收拾家里家外的卫生，备好贡品，那精神头不比过节过年差。祈福当天必穿上洁净的衣服，敬香礼神，祈求福至安康，一年四季心中妥妥帖帖。有位年轻人说：好客的村民还让一些游客恰逢祈福日到来，他们几乎沉浸在这氛围中，他们分享祈福贡品，个个脸上堆满幸福的笑容。

畅叙抒怀，四季祈福的场景仿佛历历在目，思绪随茶香飘扬到西门村上空，融入祈福的檀香中，回应着祥瑞福归，那是人与自然和谐共生的理念生根，那是农耕文化根脉的培土，那是敬天畏地外化的善举。此后再走进西门村的"民俗文化馆"，陈列其中的每样农具家伙都有了物语，诉说着二十四节气农事活动，立春祈望风调雨顺，立夏开播种田，立秋劈除稻田荒草防鼠患，立冬开始防冻深耕……它们都成了农家人寄予代代的信物，把祥瑞之福传递。

当你走到"红色文化展示馆"，便知道这里还是一块红色热土。1934年，闽东中共领导人叶飞、阮英平、范式人等先后多次到洞宫山仰头村开展革命活动，不久在岩后成立中共政屏中心区委。1935年冬闽北红军遵照指示，和闽东叶飞同志领导的游击队取得了联系。1936年4月，闽北军分区党委书记黄道，闽东特委书记叶飞等在政屏边革命根据地的洞宫山会师。会师后，先后成立中共闽东北特委、闽东北军分区，成立了闽赣省委。洞宫山境内的西门村因此也成了红色革命根据地，播下了为民谋福祉的强大基因。这里的革命旧址、会师纪念亭等无不见证了西门村在党的领导下站起来、富起来、强起来的造福岁月。

如今，西门村守根造福，沐浴乡村振兴的好运时，传"魏虞仙酒""魏虞仙茶""魏虞仙果"三珍宝，开创新业，把洞宫山打造成省级风景名胜区，西门村跻身国家级传统村落。老村古巷的铺路石走出一串串新人脚印；老宅焕发出光彩照亮了东西南北新客容光；题写在门楣上的"玉液汪波"荡漾出西门村新的茶香；洞宫水库的湖心岛民宿点亮邀月同饮的曼妙灯影。"一座山、一片叶、一瓶水、一根竹、一只鸡"成了五福产业，造福了西门村，西门村真正祈得满门福。

品食三味

白 茶 之 宴

□ 戎章榕

在福建省内，以皇帝年号直接命名的县，并不鲜见，最早可溯汉献帝建安初年（196）建立的建安县（即今日之建瓯市）。但是，因茶御赐县名的，只有政和县。

一方水土一方茶。政和茶事兴盛于唐末宋初，宋朝时期即为北苑贡茶主产区。据历史记载，北苑贡茶多至4000余种，年贡47100多斤。政和是以何茶得到皇帝的青睐？白茶！

白茶是按照制作工艺划分最早出现的一种茶类，也是保持自然气息最多的茶。成茶白色如银似雪故称"白茶"。在中国传统六大茶类中，是古老、自然、健康的茶品，素有茶中珍品。

话说宋政和五年（1115），宋徽宗挑选了贡茶中的一款——白毫银针品尝，应当说，他对白茶早有认知，在他所著的《大观茶论》中就有关白茶的论述："如玉之在璞，它无与伦比。"不饮则已，一饮龙颜大悦，即问史官"何来之茶"？告知是关隶县，寂寂无闻呀，如此不祥县名如何配得"白茶"之雅？一时兴起，遂将自己的年号"政和"赐予，诏告天下。

政和有好茶，盛世兴茶业。新时代持续做好"三茶统筹"这篇大文章，挖掘茶文化内涵，延伸茶产业链条，强化茶科技支撑，推动茶产业高质量发展。三年多后重抵政和，给我印象最深的是一桌白茶宴。

民以食为天，食色乃性也。"食不厌精，脍不厌细"。在中国源远流长的饮食文化中，就有以茶入馔、餐茶一味的记载。譬如，史上首部提及"茶"的书籍《晏子春秋》就有"婴相齐景公时，食脱粟之饭，炙三戈五卯茗菜而已"，《晋书》中的"吴人采茶煮之，曰茗粥"，《茶赋》则明确表述"茶，滋饭蔬之精素，攻肉食之膻腻"。在美食江湖中，用茶叶入菜并非稀罕。更何况，政和民间就流传有萃取茶汤入菜，采撷鲜叶炙烤菜品的习俗和技艺。

政和县与央企中国供销社农产品集团合作建成中国白茶城，由此滋生出2021年5月28日第一届白茶大会。有朋自远方来。拿什么招待远方的客人？于是，在政和县饮食协会的主导下，"食在茶乡，政和茶宴"应运而生。时任政和县委书记黄拔荣首先肯定了开发茶宴的思路，同时提出尽量使用本土食材，讲好政和故事、讲好白茶故事的要求。

为迎接5月18日召开的第四届白茶大会，县领导与我们一起品鉴白茶宴。

客来茶当酒。以一杯白茶作为饮品，政和人用心，白茶宴上一样的茶饮不一样的茶杯，在白色的瓷杯上镌刻有宋徽宗的独创书法瘦金体——"大宋政和"的集字，背面是宋徽宗的卡通画像。以这样的方式，把政和由来的典故带了出来，也把我们带入了沉浸式的体验。

既然为宴席，少不了仪式感，宴席有冷盘小碟，形式可以借鉴，内容却不同寻常。分装有蕨菜干、萝卜干、茄子干、长豇豆干等农家小菜，摆盘小巧精美，菜品别开生面——"新娘茶点"。哦，这是流行于政和高山区杨源一带的茶习俗。每年农历五月初四，凡村里在此前一年内娶媳的人家，都要备好各种茶点果蔬摆成"茶席"，招待乡里乡亲，谓之"请新娘茶"。一道小菜拼盘，以地方风俗勾起历史记忆。

一席白茶宴品鉴下来，有如下特点：

突出政和白茶品种。在第一杯用白茶极品白毫银针冲泡的茶的氤氲茶香中，我遥忆"御赐县名"的典故。一道"花开富贵"菜品端了上来，白牡丹亦是政和白茶之上品，用白菜心雕琢成一朵牡丹花，以猪肉、鸡肉与白牡丹茶汤共同熬制的高汤，当高汤冲入白茶中，花蕊则用一两粒枸杞点缀，尚未品尝内心的愉悦如花绽放。政和白茶另外两个品种是寿眉与贡眉。"寿眉仙骨"取其形，鸡翅形似眉毛，用茶叶煎烤，佐以几许嫩绿新笋，既有鸡肉的鲜香，又有新笋的清爽；"贡眉茶香"取其意，政和盛产高山小土豆，其特色是拍偏后不散，用山茶油煎制成的小茶饼，茶香甜糯。

巧借宋代茶史典故。政和自宋以来就是北苑贡茶主产区，皇家御茶园最突出的标识是"龙团凤饼"，名冠天下，而制作"龙团凤饼"图案的小点心，是取之本地盛产的莲子；"点茶"也是宋代流行的斗茶方式，"点茶品鉴"菜品取高山水库鱼与手工豆

白茶宴

腐熬制，汤汁醇厚、味道鲜美，瞬间唤醒我的味蕾；"雀舌"在《大观茶论》也有记载：凡牙如雀舌，谷粒者为斗品。"雀舌斗品"中的"雀舌"则以条形锅巴衬托鸭舌、花生芽，辅以彩椒点缀，色香味俱全；同样是来自《大观茶论》中的"崖林偶生"菜品，选用当地莲藕切片，佐以虾肉煎炒而成，层叠成崖状，点缀山崖间生长的高海拔地藓龙须菜，象征白茶的生长环境。

活化本土特色食材。政和县独特的高山平原二元地理气候，孕育了丰富地道的食材。高山灯笼椒（彩椒），小巧玲珑，惹人喜爱，没有辣味，营养丰富，据说只有政和才有。以此制作一款"采茶灯戏"，去梗去籽，形似灯笼，既传承了南平市非物质文化遗产——茶灯戏，又推介了独有的特色食材；杨源乡的"四两肉"曾让我唇齿留香，念念不忘。三年前，我为调研一课题在赴杨源乡的途中，不揣冒昧交代陪同人员，午餐能不能上一道红烧的"四两肉"？以前物质匮乏人肚里少油水，用方正大块的五花肉用本地红酒糟调色调味便是待客的高规格，如今生活好了，这仍然是喜宴一道必备菜，只是体量上有所缩小。"清平焙香"菜品，既保持"四两肉"制作技艺的同时，又加入茶叶焙香烘烤工序，配上竹筒饭，香上加香，同时将政和古时澄源清平焙、镇前坑塘焙等制茶遗址故事广而告之。政和县还是高山蔬菜的主产区。中国人有"应时而食，食不知归"的传统，当下重视养生，更需要应时膳食。"茶乡时蔬"根据不同季节选择时蔬，菜品材质清新甘甜，揽尽山川秀美、生态优良之精华。应季时蔬，可以满足不同季节来此旅游的客人。

采撷一缕茶香，烹制一桌宴席，从"御赐县名"开始，到"政通人和"（一道甜品，由榛子或锥栗、百合、莲子、桂花，加入白茶茶汤熬制）结束，"因茶得名第一县，政通人和九百年"，寓意吉祥。一样宴席数道菜，只因白茶便不同。色香味、形质美的16道菜品，大家吃得心花怒放、连连夸奖！

既然是品鉴试菜，就不能只说好，也得说点意见。从总体上看，菜量偏多。政和人热情好客，但现代养生讲究七分饱，美食讲究恰到好处。从小处上评，个别菜品还值得斟酌，如"茶盐古道"和"茶福天下"尽管在制作上不同，一个是用茶叶小火慢烤

白茶宴

烘焙羊排，一个是用茶叶爆炒鲜虾，但从品相上看均由几片焦卷的茶叶出示，容易给食客造成错觉；又如"仙岩茶王"，菜品故事鲜为人知，但菜品以牛肉丸做汤特色不彰。诚然，这只是一家之言，不足为凭。

白茶宴在传承地方特色美食的基础上，将白茶元素与餐饮巧妙融合。

政和茶事历史很长，但做深、做细、做实"一片叶"的路同样也很长。白茶宴不只是用几片茶叶点缀，而是将茶之汤、茶之色、茶之香，通过与其他食材的烹饪，彰显出茶之味、茶之韵、茶之性，让游客吃出美味、吃出健康、吃出风雅、吃出好心情。

悠 悠 美 食

□ 沉　洲

　　在政和说起当地特色饮食，大家公推千年古镇东平。有意思的是，东平地处山区县政和西部的一个盆地，一派平坦没错，但又为何东字冠首？东平号称茶乡酒镇，历史上是政和白茶的核心产区，在传统酿造红曲黄酒的福建，居然把高粱酒酿得风生水起，坊间有"南有金门高粱，北有东平高粱"之说。酱油制造也远近闻名，而流传下来的特色饮食却与这些全无牵扯，都是盯着猪打算盘。号称东平四宝的小吃，什么小胳、肉胰子、扁肉、葱油饼，缺了猪肉，都成"无米之炊"。旧时福建内陆山区的生活水准由此可窥一斑，与沿海饮食无法同日而语。在这里，只要有猪肉登场，便是响当当的硬菜。

　　然，一个县域的特色饮食，何以集中于一个乡镇？

　　东平镇与建瓯、建阳、松溪接壤，属鸡鸣四县可闻之地。小盆地自古就是比较发达的商贸重镇，五天一小墟，十天一大墟，已经沿袭了近400年。古镇东西南北四条老街均有墟市，生活用品、禽畜幼苗、时令瓜果等周边乡村的手工制品与农副产品应有尽有。进入此地，没有买不到的东西，也没有卖不出去的货物。因为商业繁华，人流量大，每条街都不乏饮食店，市场供需两旺。本地人开足马力，变着花样推出当地传统小吃；外地人也带着家乡美味聚此开店，与当地饮食融合，多少还带有异地痕迹。譬如，扁肉这种薄面皮包肉馅的小吃，八闽各地几乎不缺，煮汤、干吃（油炸后蘸佐料）两便；葱油饼则由沿海戚继光抗倭时期的军粮变化而来，只是面团里揉进了肥肉丁或韭菜段，烘烤出来后或油汪汪，或翠绿点点，已经略去了中间穿绳的孔洞。

独具地方风味特色的小吃当属小胳。在政和县的宾馆，服务生端上一盘菜肴，圆盘里两指宽的土黄色薄片摆出一圈花瓣造型，薄片嵌有一层金边。送进嘴里咀嚼，口感软糯爽滑，满嘴荤香，还带点儿甘甜。无论大家怎么猜怎么蒙，都不知为何物所制。

这是第一次吃到小胳。很难想象，制作它的主材竟是我们不以为然的肥膘肉，还有乡间司空见惯的食材：豆腐、木薯粉、白糖和鸡蛋。

在东平小胳制作技艺"非遗"传承人的作坊，我见识了制作全过程。

首先制馅，将肥膘肉机器搅成肉泥，置于盆钵，按一定比例加入木薯粉、豆腐和白糖，搅拌均匀成肉糜，静置待用。接下来，往鸡蛋液里倒进适量清水和一点食用碱（增强韧性），充分搅打。然后舀半调羹食用油进锅，将油加热到七成，旋转润一圈锅离开明火，用吸油纸搽均，吸掉余油。撇去蛋液上面的浮沫，舀两调羹在热锅里淋一圈，读秒间关火，锅离炉手腕柔缓转动，让蛋液顺锅沿均匀流动；糊化成型后，用筷子挑起一角，扯动的同时翻转锅，倒覆笊篱凸背，便摊平了一张直径约30厘米宽的薄蛋皮。

随着现代厨房器具的增加和进步，此道工序的技艺也跟着变化，但熟能生巧，技艺娴熟从来是一样的。依传统柴火灶的固定铸铁锅，煎出来的蛋皮肯定没有如此厚薄均匀、品相金黄；销售旺季时，一口锅一天也能煎出1000张蛋皮来。

待一切准备就绪，将蛋皮正中铺于对剖开的半边竹筒里，舀进肉糜再包裹成四方条状，通常一根是8两，置蒸笼猛火蒸上一小时便成。刚出锅的小肠色泽油润金黄，犹如福州鱼丸一样，此时最为清甜可口，香气诱人。分销各处的，则作为一种定制食品，切片摆盘后，蒸热便可上桌。

自宋代创制以来，东平小肠的各种食材配比，一直随时代而变化，一斤肥膘肉里加多少粉、多少豆腐和糖一直在调整，这有点类似闽菜之首的佛跳墙，当年"佛闻弃禅跳墙来"的滋味，在食客感觉荤腻之前，禽畜肉已为高档海产替代，还改变了上菜方式。添加豆腐有讲究，强化口感同时，在油脂内形成孔洞，易蒸熟蒸透。加植物淀粉是为了解腻，使肉糜紧结成型。传统用的是蕨根粉，但不易采集；后来换成番薯粉，又过于松软；现在改用偏硬挺的木薯粉，便于成型，Q弹有嚼劲，让人齿感舒服。

小肠无疑属于东平乃至政和人的乡愁味道，当地坊间有"无小肠不成席"的俗话，它是东平人请客摆酒时必不可少的第一道菜，逢年过节、婚丧喜庆都不可少。登上大雅之堂的美食都是源

东平小胳

自山间海角，它们被能工巧手发现，收拾整理后走入都市，以文
化加持，进而获得官权皇权的喝彩，从此名满天下。政和人如此
看重的小胳，在几百年的时光里，自然少不了要"攀龙附凤"，
添加文化内涵。

　　说的是宋朝某天，朱熹之父朱松任县尉时，有日到凸平（今
东平）明察暗访，半途忽感身体有恙，精神不济，顺道在路旁农
家歇息，农妇心忖县尉大人难得光临，欲好生款待。她将新鲜猪
膘肉剁成肉泥，加少许蔗糖再添蕨根粉拌匀成馅，用煎蛋皮包裹
蒸熟。却说朱松休息过后，精气神恢复如常，时过正午，农妇忙
请朱松上桌品尝。朱松看桌上色泽金黄、香气四溢的盘中物，胃
口大开，一连吃下两条。农妇见朱松高兴，忙道万福：此物尚无

菜名，祈盼大人赏赐？朱松听罢，再度细审，见其滑嫩可爱，状似小孩胳膊，踱步沉吟片刻，出口成诗：疾魔虽缠身，蔬胳乃灵肴，问君何处觅，草庐凸平中。此后，东平小胳之名传扬开来，成为四乡八邻喜爱的一道风味小吃。

当下大家避之不及的肥膘肉，换了件外衣变小胳，竟深受消费者青睐，也是让人叹为观止。当然，这其间少不了"非遗"制作技艺传承人的改良和创新，它才可能跻身闽北十大名小吃、福建省100道名小吃之列。

如今，东平小胳在传统制法基础上，辅料的添加和变化也与时俱进，除木薯粉之外，还加进了山药、葛根、板栗、核桃粉等五谷杂粮，红豆、花生、莲子、红枣也加盟进来。品种也增加了，有红豆味、花生味甚至白茶香味的。

东平人请客布菜，上的第一盘菜是小胳，后面跟着的肯定是肉胰子。肉胰子这种食物也是在猪肉上做文章，与名声遐迩的福鼎肉片大同小异，都是一种肉糜制品。将新鲜猪后腿肉趁其温热剔去筋膜，切碎加入一点食用碱（传统上用天然碱，就是将当地人叫银香树的植物枝叶晒干烧成灰，泡洗过滤得到的碱水），用木槌捣打成泥。木槌能使肉烂而纤维未全断，有嚼劲。加碱呢，肉会越打越黏稠，成品香脆爽滑。再加姜末、葱珠、食盐和味精，搅拌到微微发酵，业内行话叫起胶，然后放在砧板上，用筷子分出一坨坨比手指略细的条状，拨进沸水锅里。待煮熟捞起，撒葱花便成一碗汤菜或点心，也可以与其他食材炒成盘菜。

在汉语里，胰字专指动物胰脏，在没有肥皂之前，人们会采用特殊工艺取猪胰脏制成一种叫胰子的东西，用以洗手、沐浴，涂抹身上还有润肤功效。客家人也把肥皂叫胰子。东平的这种食物，是否取了其滑润之意，不得而知。

政和高山区的"四两肉"也可以一说，将五花肉切成四两的方正大块，用调味料和红酒糟腌渍，置锅里炭火慢煨，出锅后色泽酱红，晶莹剔透，咸鲜爽口。在酒桌上，四两肉曾经人手一份，与福州宴席上的大鱼丸类似，可以挟到酒包里，带回家让家人分享。这在温饱年代，绝对是一项颇尽人情的福利。一人赴宴，全家享口福。

政和的地方饮食虽则简单，名厨尚未染指，但只要把控好食材源头，绿色生态，应时应季，就像淳朴村姑，依旧有它无法被取代的位置。可喜的是，政和县已经在整合传统美食资源，创制文公宴和白茶宴，力促地方饮食走进千家万户。

东平胰子

东平酒事

□ 郭义清

    东平古镇四面环山，中间平缓，镇上有一条东西走向和一条南北走向的街道，纵横两条街道汇合成"十"字形，就形成了东街、南街、北街和西街四条街道。听外婆说，古街建成"十"字形，意取"四季平安""风调雨顺"。古时候，"四"和"十"颇为受人青睐，因为它象征吉祥如意。东平原称凸平，只因"凸"与"东"当地方言谐音一致，后来便成了东平。而喜欢喝酒的外公总会和母亲争辩道，说古时候东平其实叫"鲸市"，因为小盆地像一条鲸鱼卧船，只因当年有人嫌镇里的水井都在镇外，烦肩挑手提取水的劳顿，便在十字街口打了一口水井。用水是方便了，可古镇却发生了诸多不顺的事，长辈们一合计，慌忙填了街心的水井。说来也怪，此后古镇又恢复了往日的安详和顺畅。外公呷了一口酒对母亲说，在街心打井，不等于船身破洞吗，哪有顺的道理？

    在我的印象中，东平古镇颇为美丽和热闹。十字街巷两旁那黑瓦木构联排古建筑、房屋之间相隔着高耸的风火墙、临街那精致的吊脚楼，都煞是好看。街道路面由清一色的鹅卵石铺砌。窄窄街巷两旁的吊脚楼下，商铺林立，门类繁多。有"叮当叮当"作响的打铁铺，有"蹦蹦啵啵"悦耳的弹棉花店，草药铺、肉铺、理发店、光饼店、小吃店和酒作坊等更是不计其数。那时，我光顾较多的是光饼店，葱油饼的香味总令我回味无穷。而年长一些的舅舅和他的伙伴们，却总喜欢到酒作坊转悠，面对后院里一缸一缸的酒，有时会趁店主不注意，偷偷地爬上去翻开盖子，抿上一口；贪心一点的还会从衣兜里取出事先准备好的竹筒，舀上一壶藏在腋下若无其事地溜走。有一次，舅舅和他的伙伴们又在偷酒时，被店主发觉，慌乱当中，缸上的小伙伴不慎掉入酒缸，泡在酒中，嗷嗷待救。舅舅情急之中拿起石头砸破瓷缸救出同伙，演绎了一幕现实版司马光砸缸的精彩剧目。

街上酒铺里的酒除了少数是自己家里酿造外，大部分产自北街尾的国营酒厂。据说，东平人喜酿酒。明朝时期当地白酒酿造工艺就十分发达，民间酿酒工艺及配方流传至今，村民家庭式酿造白酒现象十分普遍。因为，在东平酿酒，有着得天独厚的先天优势。一来东平镇田多地肥，粮食历来较为充足，确保了酿酒首要原料的供应；二来东平镇金峰山水资源充沛且优质。传说古时有仙人过化，在金峰山留下七口泉水，源源不断地流向东平。

在东平凤头村的近郊路旁，至今还保留一处石臼泉。有泉水从一口圆圆的石臼中不断涌出，清澈凛冽，甘甜无比。有村民给我讲了石臼泉的传说，说是惠公老佛本想把石臼移至奖山路口供路人解渴饮用，在凤头村用芦秆撬石臼时，正巧被田间一放牛的小孩所见。小孩好奇，问芦秆何以能撬动石臼？老佛法术顿被破解，石臼当即掉落成了如今的石臼泉。此后，凤头、东平一带人们得以饮上清泠的金峰山泉水，为东平酿酒又提供了不可或缺的上好资源。采风期间，我专程奔赴凤头村，一睹石臼泉风貌，见泉水依旧清澈无比，石臼静静地躺在泉底，像是向过往的人们叙说着美丽的传说。20世纪90年代，《福建日报》《港台信息报》《福建环境报》等多家报纸还以《村有矿泉水，人无白头发》等标题报道了金峰山泉水的优质情况，说水中含氡重碳酸钙偏硅酸、低钠等成分，对人体极有好处，东平酿酒用水的优质由此可见一斑。再有，据说北纬27度被业界誉为"中国酿酒龙脉"，这一纬度地区的气候条件对酿酒有着得天独厚的好处。东平镇，正处北纬27°19'-27°32'，不偏不倚占据了酿酒"龙脉"的先天优势。

20世纪70年代，舅母被招录到东平酒厂上班，我到酒厂的次数便多了起来。有时，母亲会叫我去酒厂找舅母要一点酱油滤干后的豆渣，当地方言称"酱胚"的，咸且香，是上好的下饭咸菜；有时，外公会叫我到酒厂要些白酒喝。外婆家住东街，过了十字街，右拐到北街，穿过建于清朝康熙年间的北街古楼亭子，快到酒厂边上的大樟树时，浓烈的酒香便扑鼻而来。去酒厂的次数多了，我得知酒厂是县轻工局于1958年所办，当时还是公私合营，创办之初极为艰难，尤其是20世纪60年代国家粮食紧张期间，酒厂没有粮食可酿造，便号召职工到山上挖一种叫菝葜的植物根茎用于酿酒。菝葜，又叫金刚刺，其根茎硕大，富含淀粉，农村人土名又称"刺根"，是酿酒的上佳原料。1973年，酒厂来了一位姓武的厂长，武厂长是东北人，和东北老家联系，运来高粱，开始尝试酿造高粱酒，哪承想一试成功，酒香品质好，就此诞生了东平高粱酒这个绝佳品牌。

那天在酒厂采风时，我遇到一位年过七旬的东平酒厂老员工，说起当年的酒厂，他脸上不时流露出满满的自豪感。他说，高粱酒做成后，销量极好，高粱原料由东平粮站调运，酿制好的酒都是运到邵武二级站，再销售到全国各地。四十人的酒厂，虽然工人每月工资才三十多元，可酒厂的创税每年却达到二十七万元。范老还说，20世纪90年代酿制的三两三东平高粱酒，也曾声名远扬，和建瓯黄华山三两三米烧不分伯仲，成为当年闽北酿造的翘楚。

改革开放后，随着市场经济的高速发展，东平高粱酒厂举步维艰，濒临倒闭，东平凤头村闻着酒香长大的张步瑞，不想让东平高粱酒酿造技艺就此失传，与原酒厂的部分老工人一起，接棒改制了东平酒厂，并在2003年创办了东平高粱酿造有限公司，从此，让东平高粱酒走上了发展的快车道。数十年来，公司获准白酒生产SC证书，与福建轻工研究所、福建农林大学食品系等科研部门合作，研发出清型、浓香型六十多款东平高粱，并通过国家质量体系认证。东平高粱酒还先后获得福建省著名商标、"福建省老字号"、福建方志特色记忆及福建、重庆、湖南等六省市白酒行业金奖优质酒等荣誉，酒质达到汾酒、五粮液等国酒标准，并在福建享有"南有金门高粱，北有东平高粱"的美称，公司董事长张步瑞在2015年荣获全国劳模。

如今，东平镇有了高粱和老窖两家规模都不小的酿造酒业。

东平高粱酒厂（王丽玉 摄）

东平老窖酒厂（余明传 摄）

高粱酿造有限公司还着手推动"酿造+文旅"产业融合发展，规划建设集研发、酿造、交易等为一体酿造工艺展示体验馆和酒文化广场等基础设施与旅游功能设施，真正做活"一瓶水"，传承千年古镇白酒酿造历史，让"老字号"焕发新活力。

我驱车一个多小时前去一睹黄岭村的风采。深山里的黄岭村古朴安详，充满浓浓的乡愁味道。一进村子，数棵千年古树尤为突兀，村民说没人能分清村庄和古树谁更古老，它们相依相伴，彼此守护，真实地记录着村庄的过往。

乡里的组委小张说，黄岭村之所以与酒有关，除村民自古便有酿造红曲酒的习俗外，主要是村里能人李厘旺，于2012年载着返乡创业与传承红曲酒工艺的梦想，创办了黄岭柳杉红酒厂，采用红曲、糯米和水为原料，使用传统民间纯手工酿造技艺，人工自然发酵酿制而成。在酒坊里，李总热情地请我和一同前往的晓平兄尝了小半碗暗黄中带着红且口味清醇、酒香浓郁的红曲酒。当我们一饮而尽，按习俗豪迈地摔了酒碗时，酒香瞬间氤氲了整个黄岭。

在黄岭村，我得知许姓竟占了大半，猛然想起外公早年是由"二五区"迁往东平的，心中暗想：或许外公的老家，就是美丽而充满乡愁的黄岭吧！

血染风采

楠木林传奇

□ 黄锦萍

一

如果只是一片普通的楠木林，普通地写一下就可以了，偏偏这片楠木林有1100多棵，平均树龄300多岁，最年长的已经600多岁。30多米是它们的平均身高，个子最高的达39.6米。因为这片楠木林，政和县于2010年5月被中国经济林协会命名为"中国楠木之乡"，被誉为"中国第一楠木林"，2021年11月入选首批"福建最美古树群"。

如果只是一片华东地区保护最好、面积最大的稀有原始楠木林，我们可以追踪溯源，写它为明朝初年当地村民所植，经过数十代人的保护管理，如今仍郁郁葱葱，生机无限，富含负氧离子，鲜翠欲滴，翠碧连云——以为这样写就够了，偏偏在这片楠木林里在80多年前还响起过枪声，陈机水、陈机清等陈氏七烈士与敌人进行顽强抵抗，直至英勇就义。杨则仕、陈贵芳（乳名陈牯佬）等一批革命先辈，在这里抛头颅、洒热血，抒写了"革命理想高于天"的红色传奇。

二

东平镇长赖洪恩带我们走进这片楠木林时，没想到楠木林就长在一片平原之上，我们顺着步道走进去，一棵棵楠木壮硕且笔直，腰杆挺得硬邦邦的，80多年前在这里发生的枪战根本无法将它们击穿。望着冲天楠木林傲然挺立，想着在这里牺牲的无数革命先辈，这一棵棵楠木仿佛就是一座座烈士纪念碑，屹立在大地与天空之间，红旗不倒，信念永恒！

说起陈贵芳的故事，赖洪恩满怀崇敬之情。一个普普通通的农家儿子，从警卫班长一直当到解放军纵队副司令员，陈贵芳的一生充满着传奇。1918年，陈贵芳生于政和县东平镇，一家人生活贫困，四处流浪，最后落脚在凤池村，父亲给地主干活，受尽压迫。1928年，一缕曙光照进东平镇，在建瓯省立第五中学求学的共产党员杨则仕，奉党组织的指示，回到家乡东平凤池村（今凤头村），秘密开展革命活动，成立红色读书会和农民协会，发展党员，陈贵芳的父亲陈机水第一个入党。1929年中共政和第一支部成立，这是建（建瓯）松（松溪）政（政和）地区成立的第一个党支部，揭开了政和革命斗争的序幕。在党的领导下，农民运动如火如荼，风起云涌，陈贵芳全家都投入革命洪流中，他的四个叔叔也加入了中国共产党，祖母和母亲从事地下交通联络工作。少年陈贵芳在父辈影响下，明白只有闹革命，穷人才能翻身作主人的道理。党的会议在他家召开，他就在门前站岗放哨。时时监视坏分子，防止他们告密。1934年，16岁的陈贵芳参加工农红军，迅速成长，很快就脱颖而出，成为优秀指挥员。

如果楠木林会说话，一定会告诉我们，1940年12月的那个夜晚，这里发生了一场枪战。那天，陈贵芳的父亲陈机水借着月光带领游击队前往凤头村镇压反革命。队伍还没有到达楠木林，就遭遇敌人的包围，楠木林里的枪声响起，滚滚硝烟笼罩着林子，全村人的心都揪了起来，突围中陈机水为了掩护战友转移，手脉七寸处被敌人打断，因流血过多而牺牲。

陈机水的牺牲仅仅只是开始，残酷的战争给陈贵芳家族带来灭顶之灾。1943年春，国民党顽固派出动20个团的兵力向闽北地区发动规模最大、时间最长的第三次军事围攻。在敌人惨绝人寰的狂捕滥杀中，陈贵芳的二叔陈机清、五叔陈机富先后遇难。72岁的老祖母惨死在敌人的酷刑之下，母亲叶彩菊三陷囹圄饱尝铁窗之苦，不满六岁的弟弟夭折在监狱中，十四岁的妹妹陈玉兰被敌特投毒身亡。敌人灭绝人性地残杀陈贵芳全家后，到处张贴赏榜，出重金三千购买陈贵芳的脑袋。陈贵芳强忍巨大悲痛，在与省委失去联系的情况下，领导建松政人民开展英勇的反顽斗争，在磨上岭下，全歼顽军一个分队。当游击队转移到上杉溪村被搜山队发现，顽军日夜围追堵截。陈贵芳率部队采取迂回战术，在大森林里，夜行百里，游移不定，使顽军处处扑空。为了拖垮累垮敌人，摆脱尾追之敌，陈贵芳采用"疑兵之计"策略，把部队开到松溪白马寺大道上，一路上抓敌人的守望哨，张贴标语，并向群众买菜，造成大部队过境的声势，同时在通往龙头山的高山

陈贵芳故居（王丽玉　摄）

陡岭上画路标、写鼓动口号，摆出游击队要在龙头山布阵设防的样子，随后放回一些守望哨回去报信。敌人得报后,纠集成千上万敌兵和搜山队欲与游击队决战。陈贵芳却率领游击队通过一条山径穿越天堂山，到浙江庆元崔上村休整，甩开了敌人。10月，陈贵芳率领分散隐蔽的三路游击队于水吉北孟坑汇合，在政和的西表、水尾，水吉的樟墩、外屯，松溪的花桥、牛辄岭歼灭一批敌顽，袭击松溪县城，吓得敌人不敢轻易出兵，一举歼灭钱东亮师参谋长柴毅的主力"张发财"部队。

关于陈贵芳"神出鬼没打顽军"的故事还有很多。革命战争年代，东平镇先后创建了中共政和第一支部、建松政苏维埃政府，英雄的东平人民为闽北解放事业做出贡献，赢得了"红旗不倒"的赞誉。

三

如今，80多年过去了，东平镇中央苏区政和历史展示馆负责人曹茂昌给我们讲那一段故事时，仿佛在给我们放映一场战争片：场景是一片硝烟弥漫的楠木林，主角是"闽北有个陈犄佬，敌赏三千买他脑"的陈贵芳，一家三代七位牺牲，满门忠烈；主力部队是民兵、红军与游击队；催人泪下的感情戏中有一个省下"半个南瓜"给红军吃的桥段；故事讲述者是曹茂昌，陈氏家族后人，他管陈贵芳叫伯父。如果要取个剧名，我建议叫《楠木林的枪声》。

楠木林还是原先的楠木林，刺耳的枪声早已远去，清脆的鸟叫声叽叽喳喳，好像有许多今天的故事要讲给我们听。东平镇党委书记叶衍森告诉我，如今红色传奇还在继续，根植在这一片土壤里的红色基因，正释放出从"红色资源"到"红色高地"的正能量。我们通过党建赋能，释放老区苏区"红色活力"，成立红色旅游发展有限公司，完成景区栈道及观景平台、红色主题路灯、智慧停车场等红色旅游基础设施建设项目；入股创办凤头老区大食堂，促进村财增收，年均接待400多人次省内外团体开展红色研学和主题党日活动；依托闽浙边五乡镇党建联建共建共享机制，与梅口埠建立半小时观光旅游互送圈，年接待游客12万人

政和县第一支部旧址（王丽玉 摄）

次；我们还挂牌成立"曹茂昌老党员工作室"，6名老党员专注红色文化保护传承，促成红色读书会等2处革命遗旧址重建；完成中共政和第一支部、陈贵芳故居等8处革命遗旧址修缮，成为对公众开放的红色研学基地。

我漫步在东平镇古村落，耳畔回响着"用一片叶子带富一方百姓"的殷切嘱托，这"一片叶子"就是茶叶。叶衍森说，我们以茶文化赋魂，先后承办首届政和白茶开茶节、首届政和白茶采制茶竞赛、政和大白故事文化节等茶事活动，探索"我在东平有棵古茶树"政和大白古树认筹营销模式，带动茶农户均增收2.6万元。在东平我喝到了政和白茶非遗传承人张泽滨用大白茶鲜叶制作的"白牡丹"，茶汤里尽是古茶树的味道。村党支部与闽峰、白之源等茶企结对推行利益联结模式，支持白之源茶企打造善源白古树白茶科教基地、起凤林生态茶园茶文旅观光综合体，带动周边536户茶农、40户脱贫户增收致富。全村近8成人从事茶产业，农民60%以上的收入来自茶叶。参与茶是康、香港凯捷生态茶水饮料生产建设项目等"三茶"融合重点项目招引保障，助力东平高粱牵手武夷学院合作研发"白茶酒"等茶衍生产品，高位嫁接省级科特派廖红教授指导7000余亩生态茶园建设，起凤林生态茶园入选首批"南平市绿色生态茶园示范基地"。实现了从"生态颜值"到"生态价值"华丽转身。

楠木林传奇故事还在继续，党建引领出乡村振兴的"凤头模式"……

红色岁月

□ 杨国栋

一

有些消逝在故纸堆里的红色革命故事，一旦被挖掘出来，即刻就会被鲜活地注入传奇色彩，从而激发出振奋人心的力量。

一位名叫刘振宇的汉子，系福建省政和县杨源乡洞宫村人。土地革命战争时期参加革命，曾任中国工农红军闽北独立师炊事员，参加了闽北苏区艰苦卓绝的三年游击战争。抗日战争爆发后，刘振宇被编入新四军，1938年4月北上苏皖抗日前线后失踪。1981年11月24日政和县人民政府追认刘振宇同志为革命烈士，将他的失踪年份定为他牺牲的时间。而事实上，他的履历表里连出生年月都没有，没有人知道这位革命者实际的生命长度。他是千千万万革命先行者中的普通一员。

魏大鳌是福建省政和县东平乡西表村人，1928年在杨则仕的引导下走上革命道路，秘密加入农会组织，成为敢于斗争、革命意志坚定的农会干部。1934年7月，他当选为建松政苏维埃政府内务部长，为建松政边区土地革命做出了积极的贡献。苏区沦陷后，魏大鳌同志留在地方坚持革命斗争，在恶劣的环境中勇敢顽强地参加闽北苏区艰苦卓绝的游击战争，爬山岗、吃野菜、睡露天，还千方百计为部队筹粮筹款，为巩固和发展游击区做了大量的工作。1943年7月，魏大鳌在执行任务途经西表井丘仔洋村时不幸被捕，在押解的路上惨遭杀害，年仅38岁。

1934年7月，为了尽快使崇安（今武夷山）苏区与建松政苏区连成一片，闽赣省革命委员会委员黄立贵率领中央红军第58团及闽北随军工作团挺进建（阳）松（溪）政（和）地区，并首次进入政和县东平镇西表村，与长期坚持敌后领导农民运动的政和党组织领导人杨则仕会合。

我杨则仕1927年3月加入中国共产党，是政和县第一名共产党员。在建瓯省立第五中学求学时当选为建瓯县学生联合会会长，经常组织学生开展对敌斗争，传播革命道理。1928年8月，按照党组织的要求，他秘密回到家乡，以教书作掩护，积极开展有效的红色革命活动。

现今的政和县西表村，建有红色革命展览馆，供游人和各级领导人参观。一位名叫杨子岳的老人在西表村讲述了他的家族前辈在西表村做军用被服的故事。

西表村地处建（阳）松（溪）政（和）三县交界处，是一个具有上千年历史的山中大村落。这里的村民敢作敢为，富有正义精神，历史上出现过打抱不平、伸张正义的好汉。这里山高林密，拥有大片良田，物产丰饶，历史上曾是啸聚山林、屯兵固守之地。

二

1934年8月中央红军58团一路雄风横扫敌人，到达政和西表。他们严守毛泽东同志倡导的不扰民政策，将团部设在很矮庵。红军指战员自己烧火做饭。红军58团在西表与当地党组织取得联系后，在10多天时间里先后攻下国民党反动武装控制下的东平、护田、范屯、石屯、松溪梅口、路桥、郑墩、杭头、浦城水北、濠村、石陂等地方，横扫了建松政地区的反动势力。红军58团的到来标志着建松政地区革命进入新的高潮阶段。

1934年9月，闽北红军再度进兵建松政地区，在政和、松溪等地进行革命斗争的黄立贵、陈一在政和西表村组织召开了建松政边区群众大会，宣布成立建松政苏区临时政权——建松政革命委员会。经过选举和上级批准，由杨则仕担任委员会主席，机关就设在西表村魏氏祠堂。这标志着西表村的战略位置更加重要，民众支持红军游击队的斗争更加凸显。

为了适应战争需要、打破敌人的封锁，苏区政府在西表创设兵工厂、被服厂，并创设了红军医院，同时为当地百姓服务。医院设在团部后面的曹氏宗祠。红星医院的医生们主动为贫苦人家看病。西表曹家有一位老大爷常年脑袋疼得厉害，经过红军医生的精心治疗，很快就好了，于是老人逢人就夸红军医院的医生神刀神手。短短的时间里，就有百多名老百姓被红军医院治好了疾病伤痛。由于伤病员较多，无法跟随部队转移，当地党组织果断安排群众、红军家属负责将他们转移到距离西表约5千米的园园

建松政苏区纪念馆（余明传　摄）

仰头会师亭（郭隐龙　摄）

潭安置，确保了红军伤病员的持续治疗。不少伤病员康复后，还积极主动地化装成老百姓，追赶红军部队，融入了红军队伍。

在那战争年代。国民党集结在建宁县的刘和鼎56师和地方民团，共计4000多人的总兵力，于1934年12月开始大举进犯苏区驻地西表，企图封锁红军58团，同时将西表苏区驻地四面山头重重包围。在敌人炮弹、重机枪猛烈的打击下，一批又一批的革命群众倒在了敌人的枪口下。考虑到敌我双方力量悬殊，红军58团采取果断措施进行战略转移。

三

1934年10月，中央红军长征后，闽北、闽东两块根据地在十几万国民党军队的包围下，进入了艰苦卓绝的三年游击战争时期。闽北、闽东红军为了在这场自卫求生中获得生存空间，同国民党军队有过无数次的周旋与伏击，真正让部分国民党正规军与地方民团尝到了红军游击队的厉害与威猛。

国民党部队在太平隘被红军58团击退后，不甘心失败，再次全力围攻苏区共产党的政府所在地。为了争取更多时间，红军58团决定在西表半岭阻击敌人先遣部队。敌人来势凶猛，武器装备精良，妄图切断红军58团的退路。然而，58团官兵意气风发，斗志昂扬、英勇顽强。他们抢占制高点，机智地在敌人途经的险要山头进行埋伏，成功地阻击了敌人，为红军战略转移赢得了时间，也为西表村群众逃入深山老林躲藏创造了条件。敌人不甘心失败，也不想空手而归，就拿村里老百姓的房屋和庄稼出气，穷凶极恶地火烧房屋，牵走牛羊，惨不忍睹。考虑到敌人还有可能会第二次进村破坏，西表村民不得不在山上忍饥挨饿，挖野菜充饥，直到红军58团乘敌人城防空虚之机荷枪实弹横扫敌人民团。

1942年秋，闽北游击队在特委书记陈贵芳的领导下，在车盘庵召开反顽斗争军事部署会。同一时间段，国民党反动派组织了对闽北根据地的大规模进攻，派出大批部队挨村挨山搜查。游击队员20余人顺势占领山头制高点，与敌人一个营的兵力展开了正面交锋。就在敌人企图向山头上的游击队发起攻击时，游击队员将一大批坚硬的大石头往山下滚去，被击中的敌人哇哇大叫，死伤不少。敌人不得不退回到山下村庄，恼羞成怒地将怒气转移到车盘庵老百姓身上，还放火烧毁了车盘庵其他百姓的房屋。

没有老百姓支持的反动政权是注定要失败的。20世纪三四十年代，以东平为中心的建松政红色革命苏区，是中央苏区闽赣省的组成部分。而西表村因其独特的地理人文条件，成为政和农民运动的发源地之一，也是建松政苏区连接闽北苏区的重要通道。恰恰在创建和发展建松政红色苏区的斗争中，西表村成为中央红军第58团建松政的主要驻扎地，较长时间成为建松政苏区的大本营。中央苏区沦陷后，以西表为中心的红色苏区转变为游击队根据地，依然是建松政边区革命斗争的一个强有力的坚强堡垒，并英勇顽强地坚持到解放，成为"红旗不倒"的革命老区，至今激励着一代又一代的西表村民，乃至政和县广大百姓。

中央苏区往事

□ 徐炳书

政和县风头村,建松政革命的发源地,被誉为"红旗不倒"的地方，钟灵毓秀，英雄辈出。

中央苏区政和历史展示馆坐落于此，建筑面积2183平方米。第一层功能有展示区、影视区、互动区、多功能区、观众服务区、辅助用房6个区域。按照历史脉络，全面展示政和苏区人民为争取民族独立、人民解放的革命历程，运用图文、浮雕、油画、LED屏、人物雕塑、半景画、老物件等形式，呈现"太平隘战役""洞宫山会师"等党史事件，全方位展示粟裕、叶飞、杨则仕、陈贵芳等革命先辈的英雄事迹。

踏入展馆前厅，大弧形设计，融以苏区建筑元素装饰，大幅浮雕墙，庄严肃穆，强化代入感，使人倍受震撼。进入展区第一部分"建松政人民革命斗争的兴起"板块，分3个单元，图文并茂，将人带入那风雨如磐岁月里。

1927年,在建瓯五中求学的杨则仕奉党"深入农村革命活

中央苏区政和历史展示馆（余明传 摄）

动"的指示，秘密回到家乡，他机智勇敢，以教书为掩护开展革命活动。1928年12月，他吸收了杨则震、陈机水入加入了中国共产党，成立了中共政和凤池小组。三个月后，中共政和支部宣布成立。

1928年8月，杨则仕成立了"读书会"，培养了一批积极分子，农民协会应运而生。1930年，他发起了"登门退佃"减租减息斗争，打土豪分田地，农民运动蓬勃开展。以凤池村为中心方圆30里地区相继建立了农协会。农协会在黄可英的帮助下组建了政和县第一支武装游击队。

革命从来不是一帆风顺的，武装队伍遭到小刀会伏击，斗争受挫。杨则仕回到凤头村继续开展斗争，形成以凤头村为中心，东到松溪的梅口，南连东平的护田，西至水吉的樟墩，北接松溪的路下桥和浦城的水北的建松政农民运动区域。

移步第二部分展区，中央苏区的组成，共分7个单元。在党的领导下，一场以土地革命为中心的苏维埃革命在建松政的蓬勃展开。1933年6月，建松政苏区划入中华苏维埃共和国闽赣省版图，成为中央苏区鼎盛时期的组成部分。

凝视每一个单元，目光始终不愿离开，生动的画面仿佛把我们带入波澜壮阔的烽火年代。浏览每一幅图文并茂展板，聆听解说员讲解，我们接受灵魂的洗礼、

感受建松政苏区的创建、农民运动的红色历程。1929年发生的以松溪路下桥为中心的建松政农民暴动，树立了闽北土地革命斗争的第二面红旗；1931年，建松政地区第一个苏维埃政权——路下桥苏维埃政府成立。展板上的第一个苏维埃政权的旧址、农民暴动领导人的遗像，引人注目。

由此，中央苏区闽赣省组成。1933年建松政苏区划入中央苏区版图，建松政革命的队伍在闽北革命斗争轰轰烈烈，国民党不死心，对我党进行多达五次的围攻。划入中央苏区后，在五次反"围剿"中牵制了大量敌人，减轻了中央苏区的整体压力，成为中国工农红军北上抗日先遣队重要基地。

配合主力红军开辟新苏区。1934年7月13日，红军五十八团在团长黄立贵、政委陈一的率领下，从崇安上梅出发来到了东平镇西表村，回龙桥成为当时与红军五十八团会师的地方，后人称它"红军桥"。同年，罗炳辉带领红军挺进政和洞宫山一带，与地方军民一起解放政和，展板上政和百姓欢迎红军的场景，军民鱼水情跃然纸上。

顽强斗争，建立建松政苏区大本营。1934年9月，建松政边区群众大会在西表村召开，宣布成立建松政革命委员会，杨则仕任主席。9月底，建松政工农红兵代表大会在凤池杨氏宗祠召

开，正式成立建松政苏维埃政府，下设军事部、政治部、教育部、内务部等，下辖七个苏区政府。1934年11月，建松政苏维埃政府迁往西表村魏氏祠堂，管辖区域达500多个村庄，9万多人口。凤头村、西表村成为建松政苏区的核心区，成为建松政苏区党政军机关所在地和指挥中心，成为闽北重要的革命根据地之一。苏维埃政府在西表建立了红星医院、机械修造厂、土炮炸药厂、农机厂等，还发行了货币，颁布了《土地法》，让农民耕者有其田。

革命斗争是艰巨的。1934年7月，为策应中央苏区主力红军实施战略转移，中央红七军团改称为中国工农红军北上抗日先遣队，途径政和、松溪。闽北独立师长黄立贵在东平太平隘领导阻击战，大获全胜，此役是发生在建松政地区的第一次大战斗，它的胜利，保卫了红色新区，稳定了建松政红色武装，鼓舞了士气。1934年底，中央红军主力战略转移，国民党军队对建松政苏区展开"围剿"，建松政苏区破坏惨重，苏区人民牺牲巨大。当时"红星医院"的28位医务人员和伤病员惨遭杀害。建松政苏区军民不屈不挠，英勇斗争，成为最后陷落的中央苏区县之一。

三年游击战中，建松政党组织和游击武装紧密依靠群众，保护了党在重要枢纽的力量，成为新四军初创有生力量的来源之一。

由此进入第三部分展区，苏区转为游击区。建松政苏区成为闽东北游击区的重要堡垒。

红色苏区不能不说一个红色人物，那就是杨则仕。1935年3月，杨则仕带领的一个班到崇安大安乡附近筹粮时，遭敌围困被捕，在狱中英勇不屈，9月英勇就义。为了人民解放事业，他献出了年轻的生命，人民将永远缅怀他。

为广泛开展闽北游击战争，黄立贵率部挺进建松政，洪坤元等一批同志留下，帮助开展恢复工作，开展游击战争。1936年4月，在党中央的指示下，闽北红军在黄立贵、曾镜冰等带领下，与闽东叶飞部队在政和洞宫山胜利会师，召开了著名的洞宫联席会议。三年游击战，建松政游击区在相对独立的游击战争中发展起来，是闽北游击区中活跃的组成部分。

走进第七单元，我沉浸在红军游击队整编北上的场景。"七七事变"后，闽东北游击区高举抗日救国旗帜。1937年11月，派陈贵芳为代表到东平与国民党代表进行谈判，逐步实现由国内革命战争向民族解放战争转变，促进了抗日民族统一战线在闽东的形成。建松政、政屏、寿政庆等游击区输送了700多名闽东北红军游击战士加入北上抗日队伍，奔赴抗日前线。

我把目光聚焦到第四部分，"红旗不倒"的革命老区。建松政游击根据地在党的领导下，坚持抗日反顽斗争，广泛开展群众性游击战争，几经挫折的老区人民，始终战斗不止，高举党的旗帜，保持党在闽东北的革命战略支点地位，发展壮大党的组织和有生力量，最终迎来了全国解放。

这时期，建松政党组织和游击武装坚决贯彻落实党的抗日民族统一战线策略，发动群众并依靠群众，发展壮大党组织，革命斗争意志坚如磐石。

这时期，建松政党组织和游击武装同其他地方党组织和武装一样，肩负抗日与反顽的双重任务，顽强斗争。1942年5月，江

凤头村起凤亭（王丽玉　摄）

西上饶发动赤石暴动后，陈贵芳组织接应了"赤石暴动"出来的46位同志并成立一支游击小队，开展敌后远程游击战。

在艰难岁月里，陈贵芳领导下的建松政党组织一度与省委失去联系，他独立自主地领导抗日反顽斗争长达2年7个月之久。陈贵芳一家为了革命付出了巨大牺牲，全家就有7人罹难，成为革命烈士。原福建省委书记项南写给陈贵芳的一首诗，写道：闽北有个陈牯老，敌赏三千买他脑。坎坷一生仍自若，革命精神永不倒。这是项南书记对他革命英雄本色的高度概括。

1946年，建松政特委书记张德胜壮烈牺牲，建松政党组织及其游击武装，在陈贵芳的带领下广泛开展群众性游击战争，成为闽浙边爱国游击战争的重要枢纽。

1949年5月8日，时任闽浙边游击纵队副司令员兼参谋长的陈贵芳，与南下大军胜利会师，与二野一部追歼逃敌，在闽北党组织和游击武装的配合下，5月底闽北解放。

走出展示馆，我的心情难以平静。革命先烈们在中华大地上撑起一片天，开启了我们民族的千秋伟业，创造了我们现在幸福生活，吃水不忘挖井人。先烈们立下的丰功伟绩与山河共存、与日月同辉。

新康之变

□ 罗小成

这是革命先烈留下峥嵘岁月的红色村庄——澄源乡新康村。

放眼望去,一条青山碧水环绕着的小溪,潺潺流淌;路边五颜六色的繁花间,几只蜜蜂翩翩起舞。远方一缕缕薄雾,轻抚着整个村庄,是那样的清爽、宁静与祥和。

绿树绕村庄,春水溢池塘,新康就像一幅徐徐展开的多彩画卷。在这里,我们看到了不同时代风云卷起的不同色彩,从新康的过去到现在。

新康地处寿宁、政和和浙江庆元三县边界,山深林密,地势险峻,地理位置优越。自1933年起,中共闽东特委领导人叶飞、范式人、阮英平等曾多次率部到此活动,播下了革命火种。1937年夏,国民党纠集10万兵众向浙西南和闽东北大举进攻,寿(宁)泰(顺)庆(元)地区被敌人重兵包围,革命遭受严重摧残。为扭转被动局面,闽东特委指示寿(宁)泰(顺)景(宁)庆(元)中心县委书记范振辉将革命活动中心转移到政和新康一带，以新康为中心建立寿政庆边区。1938年3月20日，因大刀会的反叛，范振辉、范江富和正在此联系工作的中共政（和）屏（南）县委书记张家镇等49人与敌人浴血奋战后壮烈牺牲，革命先烈的英勇事迹，孕育了"不怕牺牲，迎难而上"的新康精神。

忆往昔，49位寿政庆中心县委的革命先烈，用澎湃的热血为新康注入红色基因。一路走来，新康精神一直流淌在新康人的血液里，激励着他们不忘初心，面对未来。

吕承喜，新康村的一位普通妇女。一次偶然的外出学习机会，让长期住在新康的她，见识了"他乡"山村蜕变的成果。他山之石可以攻新康之玉吗？回乡后，不惧新康地处偏远、基础设施薄弱，她结合政和高山区"吃茶"习俗，引导妇女开展环境整治，化解纠纷，提升乡村整治效能。通过开办兴荣家庭农场，带领村民们扩大茶叶种植规模，发展茶叶加工产业，促进产业增收增效。在她的带领下，新康迎来了属于自己的蜕变。作为新康产业发展的带头人，如今已担任新康村党支部书记的吕承喜介绍说：近年来，新康村以打造宜居、宜业、和美乡村为目标，走出一条从"新康事件"到"新康之变"的乡村振兴之路。

建好宜居乡村，与山、水、田、林、路和谐共处。新康村坚持生态优先、绿色发展理念，实施河道净化、河堤美化、山村绿化的"三化"工程，开展拆旧复绿，鼓励村民房前屋后打造小菜园、小果园、小花园、小公园的"四小园"生态板块，森林覆盖率达80.03%，污水处理率达100%，全年空气优良天数比例100%。新康村坚持规划先行，聘请专业团队，汇集群众意见，高标准编制发展规划，完成全村道路拓宽亮化、立面改造、墙体彩绘、人

新康革命烈士纪念碑（王丽玉　摄）

中共寿政庆中心县委历史陈列馆（王丽玉　摄）

饮水改等。实行"门前三包"等机制，通过评选优秀示范户、不达标户等，促进村民自我约束、自我管理，形成勤清理、靓家园的良好氛围。坚持建设与乡愁相结合，留住记忆与念想。

乡愁是什么？是故乡的那一间老屋、那一缕炊烟，更是回乡的行动和建设家乡的担当。看到了新康近些年的发展变化后，在外打拼多年、小有成就的赖传龙五兄弟毅然地回乡改建自家老民房，打造"象脉家园"，赋能乡村文旅，助力新康振兴。赖传龙说：打造老房民宿，一是方便兄弟、朋友回家探亲、祭祖；二是想起到带头作用，激发在外乡贤回来投资建设家乡；三是为了我们新康的发展能越来越好。"象脉家园"的建成，为更多新康村民提供了思路，越来越多的"归乡人"为新康的繁荣振兴注入了新动能。2023年以来已引流近8000人，带动村民增收近30万元。

营造宜业环境，让更多的人在家门口就业与创业。立足现有资源，新康村整合茶叶、田林、山食、星空、河流等优质生态产业资源，在绿色生态茶园建成露营基地，开发出采茶制茶、点茶等茶研学系列体验，竹筒饭、打糍粑、酿米酒等乡村美食制作体验，插秧、捞螺、捕鱼等亲子农耕体验等以及篝火烧烤、露营观星等十多项农文新旅项目，推动建设集红色教育、旅游康养及文化传承为一体的新新康。新康村积极发展"一村一品"，创新"新康红"品牌，打造生态标签、绿色标签、网红标签，引入直播团队宣传带货，让农特产品"不出门"也"不愁卖"。新康村成立股份经济合作社，采取"党支部+村民"的合作模式，村集体入股占比60%，村民入股1339人，辐射带动农产品加工产业315户村民。

张善洪，政和镇前人，作为峰兆业专业合作社负责人，长期从事蔬菜种植，深知高山气候及土壤条件在辣椒产业发展中的优势。受新康村党支部的邀请，在了解到澄源乡土地流转情况及生态优势后，他毫不犹豫地选择了新康作为农业基地的拓展点，并推进了"党支部+合作社"的试点模式，即张善洪投资，新康村集体以流转的100亩土地入股，收取20%的分红。新的农产品基地的建立，不仅让闲置多年的土地产生效益，增加了就业，还带动了村财、村民双增收，新康的土特产获得了新的发展动力。因为效益可观，张善洪决定加大在新康的产业投入，扩大蔬菜种植规模。

讲好红色故事，盘活红色经济。红色文化是新康的根与魂，人人讲红色故事，口口传红色故事，持续推进党史学习教育常态化、长效化。以澄源革命老区基点村为牵引，建成由寿政庆革命纪念馆、乡村振兴展示馆，政和白茶非遗传习所等阵地组成的红色研学基地。提升红军井、新康桥、新康村革命烈士纪念碑的管理维护，改进新康至上党公路8.9千米，对接宁德市下党乡，融入闽东北红色旅游圈，拓展红色旅游资源链条。

经营好新康长者食堂，根据老年人的饮食习惯和时令季节变化，每日提供两餐，餐标三菜一汤。除老人日常用餐外，还创新"忆苦思甜红军餐"，日接待游客180人用餐。2023年累计接待游客3万余人次。

开展村民自治实践，每周在暖新茶室开展一次"村民有话说"座谈活动，充分调动村民自主意识。建立三级网格管理，实行定人、定岗、定责，全民参与新康发展，形成敦亲睦邻、守望相助、诚信重礼的乡风民风。

新康用那一抹红色,在呼唤远方来客。自2022年8月始,大陆青年雷希颖和台湾青年范姜锋带领两岸团队以新康为试点,在"打造全国第一个两岸携手以红色文化IP赋能乡村振兴的示范村落"目标的指引下,开展"陪护式"乡建乡创服务,通过打造"新康小红军"卡通IP体系,以及盘活农文旅体验业态,为新康的振兴提供了强大助力,新康村也成为两岸融合的示范村落。

新康村以"小红军"为主导的沉浸式体验旅游串联了村域旅游资源,在政和白茶非遗传习所,有采茶及制茶一体化的非遗文化体验;在中共寿政庆中心县委革命事迹陈列馆,有聆听老党员讲解红色故事的红色研学体验;走入采摘园,有亲临田园乡村的体验、拉进亲子感情的亲子生活体验、贴近大自然的康养生态体验。2023年,新康村入选第三批全国乡村治理示范村和福建省金牌旅游村, 蹚出一条山区农文旅融合发展的新路子。

夜幕降临,在露营基地开启一场星空下的浪漫。此时山风微凉,茶香环绕,一顶顶帐篷在新康这片绿色生态茶园间排列着。这里,少了些喧闹,多了些宁静,但唯一不变的是美不胜收的风景。

红色是新康村永恒不变的底色,山清水秀满目翠绿,一呼一吸之间满满负离子,一颦一笑都是烟火气,是远离喧嚣的和美村落。

政和旅游线路图

图 例

- 寻茶访竹游
- 红色研学游
- 生态康养游
- 旅游景区
- 国家级风景名胜区
- 省级风景名胜区
- 高速公路
- 国道
- 铁路

地图标注

周宁县
至福安市方向

寿宁县
至寿宁县方向

澄源乡

庆元县

屏南县
至屏南县方向

洞宫山省级风景名胜区
洞宫红河谷生态文明体验区

佛子山国家级风景名胜区（AAAA）
佛子山康养旅游

翡翠锦屏自驾旅游区（AAAA）
翡翠锦屏

念山天阶古村落度假区（AAAA）
念山云上梯田

旅游金三角

朱子孝遗园

铁山镇

镇前镇

杨源乡

凤头村

外屯乡

星溪乡

政和县

中国白茶城
政和站

中华龙鸟园

石屯镇
白茶小镇

中国茶村小镇·石圳湾
廖俊波先进事迹传习地

奇异福建龙科考研学营地

念山小镇

东平镇

洞宫山镇

双廊小镇

衡宁铁路

衢宁铁路

庆元县

松溪县
至浦城县方向
至浦城县方向

建阳区
至南平市方向

建瓯市
至建瓯市方向

中共政和第一支部旧址

稻香小镇

佛子山省级风景名胜区（AAAA）

1:2000

政和旅游线路导览

东平凤头楠木林

东平凤头楠木林最美古树群之一，是华东地区面积最大、保护最好、历史最久的纯楠木林，仿佛一个巨大的天然空调房。素有"百亩千棵楠木林"之称的楠木林中，平均树龄300余年、树高30余米，最大胸径达1.57米、树高39.6米的楠木。只此青绿，一眼万年。

●交通方式：政和汽车站乘车至东平凤头班车下车。

中国白茶小镇·石圳湾

中国白茶小镇是全国最大的白茶基地，随时可以遇见在夯土墙边随风蹁跹的青绿茶叶；也曾是政和古官道第一铺·桐岭铺的所在地，可触摸历史斑驳的痕迹，感受曾经的繁华风光。

石圳湾，在千年大香樟树下，一起见证石圳的前世今生；去星溪书院，看看步步高升的楼宇。去空中廊桥走走，一眼揽尽绝美山色风光。去廖俊波同志先进事迹馆，看大家眼中的"最美的风景，最可爱的人"。

●交通方式：乘坐5路或8路公交车到石圳站下车，步行300米即可达到石圳湾景区。

●推荐住宿：七星宿、紫薇花开民宿、廖俊波先进事迹传习地。

福山福道

福山福道是一处将城市浪漫夜色一览无余的休闲栈道，也是新晋的打卡点。

福道依山而建，串联起城区、福山公园和七星溪，自然与城市在这里碰撞，集人、山、水为一体，融合出绝美的风景。夜幕降临时，福道宛如一条会发光的彩带蜿蜒于山间，置于城市上方，璀璨了整座城。

●交通方式：福道位于政和县353国道与西大街交叉口南340米，乘坐5路或8路公交车可抵达。

隆合茶书院

隆合茶书院是一处有茶香有书香的地方。茶书院周围，青山、农田、竹海、名人墓葬、历史遗迹、名贵古树群相环绕，内部粉墙黛瓦、飞檐翘角，一片徽派风光。这里是一应俱全的茶文化体验中心，集方志馆、国学堂、茶书屋、大师工作室、制茶间、茶客栈等为一体，馆内拥有各类藏书2万册，古玩文物1500余件。在这安谧的地方，一杯政和白茶、一本书，书香与茶香相伴。

●交通方式：在西门环岛站乘坐6路公交隆合茶业站下车。
●推荐住宿：月榕庄茶客栈。

翡翠锦屏

翡翠锦屏，山水可亲这里是夏日亲水的好去处，各种山涧瀑布点缀其间，凉爽了一整个村子。瀑布群中出名的有三叠浪瀑布、天门漈瀑布、虎头漈瀑布。飞扬的水雾，清爽身心，仙气十足。

锦屏的茶文化也是馥郁，是政和工夫红茶的发源地，曾有13家茶行争奇斗艳，享誉八闽并远销欧美等国家，就连呼吸中都仿佛有红茶的香气飘过。

锦屏冰臼（吴本轩　摄）

锦屏还有很多特色打卡点：绿岛听松、溪涧流鸣、状元杉王、银杏秋妆、茶楼旧迹、虎头飞瀑。

● 交通方式：在熊城客运站乘坐班车至锦屏村下车，每天有4班车。

● 推荐住宿：锦云民宿、锦恋小筑、锦汐小院。

念山云上梯田

念山村的梯田有1600多亩，在山脉上绵绵起伏。在稔泰阁上，就可以纵览梯田全部的美。俯瞰梯田，蜿蜒的线条沿着陡峭的山坡层层叠叠，随着时间光影变换着色彩。观景台有着观看看日出云海、日落晚霞和璀璨的星空的绝佳视野。

除了念山云上梯田，这里还有念山峡谷步道、念山湖、念山云谷鹊桥、房车露营、黄际瀑布等景点。

不要错过好吃的农家菜，念山烤羊腿、黄巢豆腐宴、胭脂红米、黄巢菊等，一品人间烟火味。

●交通方式：乘坐5路或8路公交车至南凤楼站乘坐2路公交念山路口下车到达念山云上梯田景区，也可乘坐2路公交车回城关。

●推荐住宿：梯田农庄、然汐小筑、念山逐丰民宿、东山燕子坞、飞鹄山庄。

天村稠岭

天村稠岭地处千米稠岭之巅，天高、云阔、烟远、山翠、风清，是一个向云端的"天空之城"。天村山奇、树珍、桥绝、花艳，与"双国级"的佛子山咫尺相对，是望奇山的最佳观景平台。

福元寺银河（赵谊 摄）

天村向美，四季皆有花海。星河下，与亲朋好友一起享受户外烧烤、篝火晚会，看星星闪耀，闲话日常，不负浪漫夏夜！

天村稠岭有咖啡馆、竹空间、小酒馆、星空露营基地等休息游玩的空间。

●交通方式：在政和汽车站内乘坐公交车至镇前、澄源班车至稠岭村下车到达天村稠岭景区。

●推荐住宿：云半间、明月松间露营地、隐山云、天村小筑。

镇前鲤鱼溪

镇前鲤鱼溪位于政和县镇前镇镇前村的村边，小溪上三座造型古朴的石拱桥把民房和对面的农田依次相连。石桥安静地卧在溪水上，水流不急，从容舒缓地绕村而过。溪流宽也不过八米，挤挤挨挨都是鱼。古旧的民居、蓝天白云、如虹桥影、满溪欢快的鲤鱼构成鲤鱼溪醉人的景致。

中间的石桥是最佳的观鱼点。站在桥栏上，影子就倒映在水中，随水波荡漾着。岸边垂柳依依，柳树的影子划过鳞光闪闪的水面。鱼儿似乎听到人们脚步声便聚拢来，围在被捣碎了倒影的四周。鲤鱼嬉戏着，欢快游弋在碧波间，悠闲自在。

●交通方式：政和汽车站乘坐公交车至镇前十字街下车。

洞宫山

省级风景名胜区洞宫山位于政和县杨源乡境内，距政和县城70千米，景区面积50平方千米，因山中一巨石呈"宫"字状，其山洞又有洞中宫殿之称，故而得名。

山中风光旖旎，景色清幽，峰峦岩洞，秀拔奇伟，素有20山洞、26潭、49景点之称。这里的山水景观独具特色，虹溪宛如一条玉带，蜿蜒曲折，清澈见底。风动岩则是一块神奇的岩石，似乎拥有生命，随风轻轻摇曳。夏日，一定要来感受一下来自山中的美景与清凉。

●交通方式：政和汽车站乘坐公交车至杨源洞宫的班车。

新康村

新康村是隐藏于山中、山脚流淌着清澈小溪的世外桃源。走进新康村，就像翻开了一本童话书。当夏天的风缓缓吹过，新康仿佛突破次元壁，风在闹，草在笑，宛如坠入童话世界中的理想生活，治愈了焦躁的内心。

升官潭（赵谊 摄）

来新康村，做一天乌托邦居民，安静地享受这段美好时光，让所有在山野的相遇都化成满心欢喜。周末寻一方小院，过几天肆意的生活，把身心还给田园和自然，惬意舒适。

●交通方式：政和汽车站坐乘坐到寿宁的班车至澄源新康班车下车。

后　记

2024年5月，惠风和畅，冷暖宜人。由福建省炎黄文化研究会和福建省作家协会组织的采风团时隔七年之后再次来到南平市政和县。

借本书出版之际，我们谨向政和县委、县政府，向为本书的编写提供大量素材，热情接受采访的政和县各有关单位和个人，向参与本书采访、写作的作家、记者、编辑以及出版社的同志们，一并致以衷心的感谢。

编者

2024年7月

图书在版编目(CIP)数据

走进"八闽旅游景区":政和/福建省炎黄文化研究会
等编. —福州:海峡文艺出版社,2024.9
ISBN 978-7-5550-3771-2

Ⅰ.I267

中国国家版本馆 CIP 数据核字第 2024LK4897 号

走进"八闽旅游景区"——政和

福建省炎黄文化研究会
福 建 省 作 家 协 会
中 共 政 和 县 委   编
政 和 县 人 民 政 府

出 版 人	林滨
责任编辑	何莉
出版发行	海峡文艺出版社
经　　销	福建新华发行(集团)有限责任公司
社　　址	福州市东水路 76 号 14 层
发 行 部	0591－87536797
印　　刷	福建东南彩色印刷有限公司
厂　　址	福州市金山浦上工业区冠浦路 144 号
开　　本	700 毫米×1000 毫米　1/16
字　　数	248 千字
印　　张	16
版　　次	2024 年 9 月第 1 版
印　　次	2024 年 9 月第 1 次印刷
书　　号	ISBN 978-7-5550-3771-2
定　　价	48.00 元

如发现印装质量问题,请寄承印厂调换